JN072442

殺意の設計

西村京太郎

角川文庫
22503

目次

第一章

一

少し早目に、着いてしまったらしい。タクシーを降りてから、そのままの姿勢で、麻《ま》里子《りこ》は、上野《うえの》駅の大時計を見上げた。七時五十分を、過ぎたばかりである。井関一彦《いぜきかずひこ》の乗った列車が、到着するまでには、まだ、三十分余りの時間があった。いつも、こうなのだと、麻里子は、苦笑した。約束や、待ち合わせの時間より、必ず早く来てしまう。子供のときからで、損な性格と判っていながら、一向に直らない。ひどい時には、二時間も前に来てしまって、時間潰《つぶ》しに困惑したこともある。相手に迷惑を掛けることはないが、欠点には違いない。裏返しのルーズさだと、人にいわれたこともあった。

麻里子は、暫《しばら》く迷っていた。このまま、駅の構内に入って、三年ぶりに再会する井関を待つことにしようか、それとも、近くの喫茶店で、時間を潰した方がいいだろうか。三十分という時間は、別に、苦にはならない。ただ、井関を待つ姿を、夫や、知人に見られたくなかった。

麻里子は、駅前の、小さな喫茶店に入った。幸い、客の姿は、まばらだった。麻里子は、隅のテーブルに腰を降ろし、コーヒーを注文してから、コンパクトを、取り出して、覗《のぞ》き込んだ。

小さな鏡の中に、彼女の顔が映っている。まだ若い顔だ。整ってはいるが、冷たい感じではない。むしろ稚《おさな》い感じの顔である。そのせいで、麻里子は、いつも、二十七歳という年齢より、若く見られた。三年前に、田島《たじま》と結婚してからも、「結婚なさっているようには、見えませんよ」と、羨望《せんぼう》とも、揶揄《やゆ》ともつかぬ言葉を、何度、聞かされたか、わからない。その度に、麻里子は、どんな顔をしたらいいのかわからなくて、曖昧《あいまい》に笑って胡魔化《ごまか》してしまうのだが、同じ言葉を、度々、いわれるのは、外見の稚さの他に、彼女自身の心の何処かに、大人になりきれない、何かが、あったせいかも知れなかった。

麻里子は、幼い時に、父を亡くしている。しかし、父の遺《のこ》してくれた財産は、かなりの額があったし、母は、父の分まで、彼女を溺愛《できあい》した。母の性格もあったし、母一人、娘一人という環境のせいもあったろう。麻里子は、母に甘えて育ち、文字通り、人を疑うことを知らずに、成長した。二年前に、たった一人の肉親だった母を、失ってからも、麻里子のこうした性格が、傷つけられることは、なかった。

（しかし、今は違う）

と、麻里子は、鏡の中の自分に、いい聞かせた。今の彼女は、人を疑うことを知っている。顔立ちの稚さは消えないが、心は、前のように稚くはない積りだった。

この、心の翳《かげ》りは、夫の裏切りによって、生れたのである。

二

麻里子は、三年前、現在の夫、田島幸平《こうへい》と結婚した。

当時の田島は、新しい感覚をもった新進の画家として、画壇の注目を浴び始めていた。金は無かったが、二十八歳という若さと、無限の可能性が、田島にはあった。

「僕が、貴女《あなた》に、あげられるものは、何もありません」

と、田島は、三年前に、彼女に向って、いったのである。

「せいぜい、夢ぐらいのものです。だけど、僕は、貴女が好きだ。僕の夢で、貴女を包んでしまいたい」

田島は、こうした、きざっぽい愛の言葉を、すらすら口にしたわけではない。言葉は、ロマンティックだったが、それを口にする、田島の声は、ひどく、ぎこちなかった。その、宣誓でもするような態度に、麻里子は、田島の真摯《しんし》な心を見たような気がした。この人なら、信じられると思ったのである。それに、当時、麻里子は、いわゆる文学少女の一人だった。感傷的な、抒情詩《じょじょう》ばかり書いていたが、そのせいで、田島の才能をはやしたて、ジャーナリストが使う「天才画家」という言葉に魅力を感じたことも事実だった。

そして、麻里子は、田島と結婚したのだった。

その頃、母は、まだ生きていて、貧乏画家との結婚に反対したが、しまいには許してくれた。許してくれただけではない、後には、田島の人柄を賞《ほ》めるようになった。それで安心したのかも知れない、二人が結婚して一年目に、母は死んだ。安らかな死顔であった。

田島との結婚生活は、幸福だった。彼の全てが、麻里子には好ましく思われた。田島の我儘《わがまま》な性格も、子供っぽさも、短気な性格さえも、天才画家にふさわしい行動であり、気質であると麻里子の目にはうつった。

結婚して、一年目頃から、画商が、田島の絵に、注目し始めた。買いかぶられ過ぎたきらいが、ないでもなかったが、絵が、売れるようになると、画壇だけで知られていた名前が、一般にも、知られるようになった。虚名あがるといった感じだったが、田島も麻里子も満足だった。収入も、急に多くなった。がそのために、二人の間の愛情が、稀《き》薄《はく》になるということは、なかった。少なくとも、麻里子は、そう信じていた。

二人の間にあった、唯一の不満といえば、子供の生れないことくらいだったが、その不満も、二人の間に、水を差す程のことは、なかった。

麻里子は幸福だった。自分も、そう信じていたし、周囲の人達からも、理想の夫婦のように、いわれた。田島の名声があがるにつれて、彼女も、何度か、新聞やテレビに、引っ張りだされて、「夫を語る」ことがあったが、彼女は、その度に、夫に百点をつけていた。

冗談の気持は、少しもなかった。彼女は心から田島に、百パーセントの信頼を置き、心からの愛情を注いでいたのである。

高校時代の友人に会って、夫が信頼できなくなったとか、離婚したとかいう話を聞くと、麻里子には、不思議な気がした。遠い世界の話のようだった。自分と夫との間には、絶対に、そうしたことは、起り得ないと、麻里子は信じていた。

こうした疑うことをしらない信頼は、愛情の強さを示すと同時に、硝子《ガラス》細工のような、脆《もろ》さをも、内蔵していたようである。

「愛」というものが、美しいと同時に、脆く毀《こわ》れ易いものであることに、麻里子は、気付いていなかった。

麻里子の、夫に対する愛と、信頼は、三年間続き、三年目の或《あ》る日、突然、崩壊してしまったのである。

三

秋に入ってからである。

或る日、一通の匿名の手紙が、麻里子の許《もと》に届いた。「親展」と書かれた封筒には、女性用の便箋《びんせん》が一枚入っていて、稚拙な字で、次のように記してあった。

貴女のご主人と、Y・Kが、肉体関係にあることを、御存知ですか？　私は、ご主人にも、Y・Kにも、何の恨みもありませんが、貴女が、可哀そうなので、お知らせするのです。

Y・Kには、御注意なさった方がよいと存じます。

筆跡も、女のようだった。麻里子は「Y・K」とだけ書かれた女に、思い当るものがあった。

モデルをしている桑原《くわばら》ユミのことに、違いなかった。

彼女について、詳しいことは、知らなかった。東北訛《なま》りが、かすかに残っていることから、東北で生れたか、暫くむこうに居たかしたことは想像されたが、それ以外のことは、麻里子には、判らなかった。モデルを始めたのは、二年前からである。大柄で、エキゾチックな顔立ちをしており、ボリュームのある身体は、画家のモデルとしての条件を備えていて、著名な画家が、彼女をモデルに、幾つかの作品を描いた。年齢は二十歳。年齢的にも、モデルとして適していたが、ルーズな性格から、男との噂が絶えない女でもあった。夫との間に、噂があったことも、麻里子は知っていたが、気にとめていなかったのである。

麻里子は、手紙を読み終ると、少しは気になった。しかし桑原ユミのことを、夫に問いただしたりはしなかった。

三日程して、二度目の手紙を、麻里子は、受け取った。相変らず、匿名で、稚拙な字であった。

貴女は、私の手紙を信じないようですが、ご主人と、Y・Kの間に肉体関係があることは、事実なのです。

ご主人と、Y・Kは、たびたび、モーテルで、会っているのです。勇気を出して、現実を直視して下さい。

麻里子は、二度目の手紙は、読み終ると、焼き棄ててしまった。田島が、自分以外の女と、ベッドを共にするなどということは、到底信じられなかったからである。

自分は、夫だけを愛している。だから夫も私だけを愛している筈《はず》だ。麻里子の心には、一方通行の、こうした、愛の論理しかなかったのである。

しかし、手紙の主は、執拗《しつよう》だった。更に三日して、三度目の手紙が、舞い込んできた。相変らずの匿名、そして相変らずの、安っぽい女用の便箋には、次のような言葉が、並んでいた。

貴女は、馬鹿です。貴女の御主人が、Y・Kと、モーテルへ通っているのに、それに、目をつむってしまうのですからね。貴女の御主人がY・Kと会っているのは、千駄ヶ谷《せんだがや》の「ニュープリンセス」というモーテルです。嘘だと思ったら、明日、八日の八時頃そこへいってごらんなさい。そして、現実を直視して下さい。これは、貴女の為を思って忠告申しあげるのです。

麻里子は、その手紙も焼き棄てた。が、軽い痼《しこり》のようなものが、心の底に残るのを感じた。田島に、疑惑を感じ始めたわけではない。夫に対する信頼は、変らない。しかし、何かが、彼女の心に残り、それが、彼女の足を、手紙にあった「ニュープリンセス」に向わせたのである。

「千駄ヶ谷の……モーテル・ニュープリンセス……」

タクシー運転手に行先を告げる麻里子の声が、あまりかぼそかったので、エンジンの騒音にかき消されてしまい、二度もいいなおす破目になり、麻里子は顔から火の出る思いであった。

そのような行先を口にすることの恥しさもあるが、運転手にまで情事に出掛けていくように思われていながら、それどころではない立場のくやしさが、胸の中で煮えたぎった。

車が千駄ヶ谷から代々木《よよぎ》の方へ向うと、入口に御休憩いくらの看板を出した旅館が目立ちはじめた。屋根の上にネオンを灯《とも》しているのまである。

麻里子には初めての場所だったが、この旅館街がひとときの情事を楽しむための、特殊なものであることは知っていた。

モーテル・ニュープリンセスの看板が見えたところで麻里子は車を降りた。

麻里子の目の前を、アベックの運転する車が勝手知った様に堂々とガレージにはいり、シャッターをおろした。ガレージ内部から二階へ上ったらしく、二階に灯《あかり》がつき、カーテンのゆれるのが見えた。

三か所ばかりシャッターのあいているところが空室らしく、あとの二十室近くのどれかの部屋に、夫と桑原ユミが浮気に汗を流しているのかと思うと、怒りが燃え上ってくるが、一方ではどうか、こんな所へ夫が来ていませんようにと神に祈る気持も起る。

また一台のクーペがヘッドライトをまばゆく点灯して、すべり込んで来た。

ウインドグラス越しに若い女が、楽しそうに談笑して運転席の男にしなだれかかっているのがみえた。

寒空の、こんな場所でうろうろしながら張り込んでいる自分が、みじめに思えて来た。匿名の手紙におどらされて、こんなところまで出て来てしまったことが、馬鹿らしくもあったし、一時でも、夫を疑ったことが済まない気もして来たからである。

引き返すことにしようかと思ったとき、シャッターのあく音がして、中の車にライトがともった。思わず門柱横の背の高い洋風の樹木のかげに身を寄せて光芒《こうぼう》からのがれた。

その車がすべり出して来たのを見て、麻里子は思わず息をのんだ。夫の車と同型の、フォード・カプリであったからだ。

「美的感覚を満足させる車は、まだ国産にはないんでね」

などとイキがったようなことをいっているが、実は外車セールスマンに押し切られて購入してみたものの、派手すぎて、少々おもはゆいのだ。

街を走っていても、ごく稀《まれ》にしか同型の車には出会わない。それだけに、この車には夫が乗っている可能性が強かった。

車は大きく赤いテールライトの後姿を残して麻里子の前を通りすぎた。

ハンドルを握っているのは、まぎれもなく夫で、助手席には派手なコートを着て、アイシャドウの濃い女の横顔が見えた。

桑原ユミだ。

麻里子は眩暈《めまい》を感じた。麻里子はその場にしゃがみこんでしまった。

その日、夫は彼の属している「新紀会」の集りに行くといって、出掛けたのである。

夫は、麻里子を欺《だま》し、そして、裏切ったのだ。怒りよりも惨めさが、彼女の心を打ちのめした。夫の愛情を信じ、少しも疑おうとしなかった自分が、惨めに感じられた。あの美しい光に彩られていた、信頼と愛情は、何処へ消えてしまったのか。

その夜、どうやって家に戻ったか、麻里子ははっきり憶《おぼ》えていない。家に帰り、自分の寝室に入ってから、涙が溢《あふ》れ出て来た。

惨めさは、悲しみに変り、悲しみは、やがて、怒りに変っていった。

麻里子は、夫を許せないと思った。しかしそれを、どういう形で現わしたらいいか、判らなかった。相談相手が欲しかった。しかし唯《ただ》一人の肉親だった母親は、二年前に、亡くなってしまっている。高校時代の友人は、何人かいたが、彼女達に、話す気にはなれなかった。見栄もあるし、親身になって、考えてくれるかどうか、不安だったからである。

麻里子は、思い迷った挙句、井関の柔和な顔を思い浮べた。三年前に、突然彼女の前から姿を消した、井関一彦の顔である。

麻里子は、仙台《せんだい》の井関へ、「相談したいことがあるので上京して頂けないだろうか」という旨の手紙をかいた。

四

井関一彦、三十二歳。夫の田島より、一つ年上である。三年前までは、同じ、「新紀会」に所属する若い画家だった。

田島と、井関は、顔立ちにも、性格にも、対照的なところがあった。或《あ》いは、そうした違いが、二人を親しくさせたのかも知れない。

二十何人かの、「新紀会」のメンバーの中で、田島と井関は、いつも一緒だった。親友であることは、お互いが認め合っていたし、他の人々も認めていた。

田島の顔は、細く、頬骨が尖《とが》っている。井関は丸顔である。性格も、田島が、我儘《わがまま》で一本調子なのに比べて、井関は、対照的に、柔和で、如才がなかった。

こうした対比は、二人の生い立ちにも見ることができた。井関は、仙台で、かなり大きな旅館の一人息子に生れ、美大の学生であった頃も、月に五万近い金の仕送りがあり、呑気《のんき》な生活を送っていた。田島も、地方の生れだが、生家は、裕福ではなかった。

三重県の、小さな農家の次男坊に生れている。画家になる積りで、上京したが、生活に追われて、美大には、半年足らずしか、通っていない。従って、田島の絵は、独学に近かった。

麻里子は、田島より先に、井関を知った。彼が、美大の学生だった時、彼女の近くに下宿していて、時々顔を合わせていたからである。気さくな井関は、すぐ麻里子と、口をきくようになったが、二人の会話に、「愛」を感じさせるようなものは、生れなかった。まだ彼女が稚《おさ》なかったせいだろう。

井関が、美大を卒業し、「新紀会」に所属するようになってから、田島を紹介されたのである。

「学校は出ていないが、天才的な閃《ひら》めきを持った男がいる」と、井関にいわれて会ったのが、田島を知った最初であった。

田島の第一印象は、余り良いものではなかった。「天才」と聞かされて、白皙《はくせき》な顔立ちを想像していた麻里子が見たのは、百姓のように頑丈な身体と、いかつい顔だった。絵も見せて貰《もら》ったが、素人の麻里子には、何処が良いのか、さっぱり判らなかった。彼女には、井関の、綺麗《きれい》で、リアルな絵の方がはるかに素晴らしく見えた。

しかし、玄人の見る目は違うらしく、その年のN展に、井関の絵が落選したのに、田島の方は、特選になり、新聞や、雑誌は、「天才」と騒ぎ始めた。「一朝覚むれば天下の雄」という、バイロンの言葉がある。田島幸平は一夜にして、有名になった。「沈滞久しかった画壇に、新風吹く」と、書いた新聞もあった。

田島は、その年に、麻里子に求婚した。麻里子は、母の反対を押し切って、その申し込みを承《う》けた。

結婚式には、井関も招待した。田島の友人としてでもあり、麻里子の友達としてでもあったが、井関は、何故か、結婚式に姿を見せなかった。それだけではない。麻里子と田島が、二泊三日のハネムーンに出掛けている間に、短い祝福の手紙を残して、東京から、姿を消してしまったのである。

それから三年間、井関からは、一度だけ、手紙が来ただけである。仙台からで、絵筆を棄てて、実家の旅館業に専念していると、淡々とした文章で、書かれてあった。それだけの短い文章では、井関が、何故急に、郷里の仙台へ引っ込んでしまったのか、判らなかった。田島は、「絵を描くことより、旅館の経営の方が、面白くなったからじゃないか」と、いったが、麻里子には、そうは思えなかった。

井関は、ひょっとして、彼女を愛していたのではないのか？　こう考えることは、麻里子を、甘美な追憶に浸らせる効果があった。

麻里子は、夫を愛していた。

しかし、それでもなお、他に自分を愛してくれていた異性の存在を、意識することは、楽しかった。女の心というものは、愛に対して貪欲《どんよく》に、できているのかも知れない。

しかし、だからといって、井関一彦のことを、度々、思い出していたという、わけではない。井関のことが、夫との間で、話題になることは、あったが、その場だけのものだった。彼女には、田島があった。井関一彦を思い出すことがあっても、それは、あくまでも「昔の」という括弧がついていた。昔、彼女のことを、好きだったかも知れぬ人としてである。

夫の裏切りを知ったとき、麻里子は、井関一彦を思い浮べた。一つの愛に絶望したときに、反射的に、他の愛にすがろうとする、一種の代替作業かも知れない。しかし、今度は井関の顔は、なかなか、消えはしなかった。それだけではない。井関の姿から、「昔の」という但し書きが、取れようとしていた。

その井関一彦に、麻里子は、今三年ぶりに会おうとしているのである。

五

列車の到着を待つホームには、初冬の寒さが、漂っていた。麻里子は、がらんとしたホームに、眼をやりながら、コートの襟を立てた。藤色のコートが、彼女の色白な横顔に、よく似合っている。

訛《なま》りのある、構内アナウンスが、仙台発、上り東北線の到着の近いことを告げた。

麻里子は、改札口に向って、ゆっくりと、近づいて行った。

麻里子は、今、自分が、何をしようとしているのか、それを突きつめて、考えてはいなかった。もし、井関が、三年前、彼女への愛を絶ち切るために、東京を去ったのであれば、彼に、夫の裏切りを打ちあけることは、井関を当惑させ、彼をも苦しませる結果になりかねない。麻里子が、そこまで考えていたかどうか、恐らく、彼女自身にも、判らなかったに違いなかった。麻里子は、ひたすら、感傷的になっていたようである。

冷静に考えれば、夫婦間の問題の相談相手として、井関が、適当な人間でないことは、彼女にも判った筈《はず》である。井関は、冷静な第三者の立場になりにくい位置にいたからである。それにも拘《かか》わらず、麻里子が井関を呼んだのは、肉親がいないということの他に、無意識に、夫に対する復讐《ふくしゅう》の気持が働いていた為かも知れない。

昔、彼女を愛していたであろう男に、会うという行為によって、それは、精神的な不貞と呼べるかも知れなかった。

改札口の周囲に、軽いざわめきが生れた。

列車が到着したのである。二十一時〇四分着の特急「ひばり九号」は、五分程遅れていた。灰色の屋根は、雨に濡《ぬ》れている。上野までの途中で、雨が降っているようだった。

季節外れのせいか、降りて来る乗客の姿はまばらだった。麻里子は、少ない乗客の中から、めざとく、井関一彦の姿を見つけ出した。井関の方でも、麻里子の姿を認めたらしく、手を上げて見せてから、足を早めて近づいて来た。

三年ぶりに見る井関は、変ったようにも見え、変っていないようにも見えた。その顔には、三年前と同じ、柔和な微笑が浮んでいたが、全体から受ける印象は、ひどく、大人っぽくなってしまった感じだった。恐らく、三年前の井関は、今日の様に、背広姿のことが少なかったからだろう。

「やあ」

井関は、多少、ぎこちない調子でいった。

そのぎこちなさに、三年の歳月が感じられた。親しさの代りに、遠慮が生れている。

「手紙を受けとった時は、びっくりしましたよ。……でもうれしかった……」

「ごめんなさい」

「いや、そんなことは、一向に構いませんが一体、どうしたんです?」

と、いいかけて、麻里子は、口をつぐんだ。どう話したらいいか、見当がつかなかったし、立ち話で済ませる問題でもなかった。

「それは――」

「とにかく、出ましょう」

と、麻里子はいった。

二人は、並んで駅を出た。街には夜が深くなっていた。華やかなネオンが、妍《けん》を競っていたが、夜空に、星の姿は見えなかった。

雨が降っているのかも知れない。

「東京は、三年ぶりです」

井関は、広がるネオンの海に眼を向けていた。

「一寸《ちよつと》も変っていない。街の景色もだけど、貴女《あなた》も――」

「私は、変りました」

「変ったのは、前より一層、美しくなったことだけですよ。それに幸福そうに見える」

「…………」

「どうしたんです？　気に触るようなことをいいましたか？　それなら、謝りますが――」

「いいえ」

麻里子は、頭を横にふった。

「それなら、いいんですが……」

井関は、遠慮深くいう。

「お茶でも、飲みましょうか？」

「ええ」

「何処が、いいですか？」

「何処でも、静かなところでしたら……」

「そうですね」

井関は、立止って、上野の夜景を見廻《みまわ》した。

「上野鈴本《すずもと》の近くに、学生時代に、よく行った店があるんですが」

「結構ですわ」

「田島君と一緒に行ったこともあります。ところで、田島君は、どうしています?」

「元気ですわ」

麻里子は、固い声でいった。その苦い声の調子に、井関は気付かぬ様子で、「そうですか」と、微笑した。

二人は、裏通りへ曲って、小さな喫茶店に入った。「ガリオン」という名前の店で、硝子《ガラス》ドアにスペイン風の帆船が金箔《きんぱく》で押してある。

芸術家の溜《たま》り場なのか、二人が、奥のテーブルに腰を下したときも、周囲のテーブルには、長髪に、メタルフレームの眼鏡をかけた男と、同じく画家の卵らしい、カラフルな服装の男女の姿が見られた。

何年か前には、夫の田島や井関も、この若い男女のように、未来を語り合うために、この店に集っていたのかも知れない。

麻里子が、ホットコーヒーを頼むと、井関も同じものを注文した。井関は、「煙草を吸っても構いませんか?」と、断ってから、煙草を取り出した。わざわざ断るところに、三年間の間に生れた遠慮と、人妻になった麻里子への配慮が、働いているようだった。

「あまり、静かな場所じゃありませんが」

井関は、恐縮した顔でいった。

「よろしければ、話というのを、聞かせて貰《もら》えませんか?」

「ええ」

麻里子は、頷《うなず》いて周囲を見廻した。その眼に、柱に掛っている絵の一つが映った。

小さな絵だが、それを見た瞬間、麻里子の顔色が変った。その華やかな色彩で描かれた裸婦像は、間違いなく、夫の作品だったからである。

しかも、画面で笑っている裸婦は、桑原ユミだった。

「出ましょう」

麻里子は、思わず、甲高い声になっていった。

六

「一体、どうしたんです?」

外に出てから、井関が驚いた顔で、訊《き》いた。

怒っている顔ではない。呆気《あっけ》にとられている表情だった。

「ごめんなさい……」

麻里子は、低い声でいった。いきなりとびだしてしまった自分の行為が、恥しかったが、桑原ユミの絵の前で、井関と話すことに、彼女は堪えられなかったのである。それは麻里子の潔癖さのせいでもあり、弱さを示しているとも、いえそうだった。

「誰か、知った人が、あの店に居たんですか?」

井関が訊いた。事情を知らない井関には、そのくらいのことしか、想像できないのは、当り前だったが、麻里子には、答えようのない質問でもあった。

黙って、暫《しばら》く歩いてから、ふっと、

「お酒の、飲めるところへ、連れて行って頂けません？」

と麻里子はいった。

井関は、眼を大きくした。

「お酒を？　麻里子さんが、飲むんですか？」

「いけません？」

「いけなくは、ありませんが……」

「じゃあ、連れて行って下さい」

「田島君に、怒られませんか」

「主人のことは、いわないで……」

麻里子は、粗い声でいった。井関は彼女の表情から、何かを察したようだった。

「行きましょう」

井関は、先に立って、歩き出した。

井関は、麻里子を、御徒町《おかちまち》に近い、裏通りにあるバーへ、案内した。小さな店で、二、三人の客が、止り木に腰を下して、酒を飲んでいた。静かな店である。音を低くした、ムードミュージックが、流れていた。

「何にします？」

井関は、向い合って、腰を下してから、訊いた。麻里子は、何を注文してよいのか、判らなかった。バーへ来たのも、生れて初めてのことである。酒と名のつくものは、家で、夫にすすめられて、ビールをほんの少し飲んだことが、あるくらいだった。

麻里子が迷っていると、井関が、彼女の為に、ハイボールを頼んでくれた。

ハイボールは、口に快かった。アルコール分は少ないようだったが、それでも二杯も口にすると、麻里子は、顔が火照ってくるのを感じた。

「話してくれませんか？」

井関が、いった。彼の顔にも、ほんのりと赭《あか》みがさしていた。

「田島君と、何かあったのですか？」

「ええ」

麻里子は頷いた。酔いが彼女の口を、軽くした。それに、「ガリオン」で見た、桑原ユミの裸像に、反撥《はんぱつ》する気持もあった。

麻里子は、匿名の手紙のことや、夫と桑原ユミのことを、簡単に話した。彼女は話しながら、何度か口を歪《ゆが》めた。

井関は、黙って聞いていた。聞き終ったとき、彼の顔に、暗い翳《かげ》に似たものが、生れていた。

「信じられない……」

井関は、ぽつんといった。

「田島君が、そんな馬鹿なことをするなんて……」

「でも、事実です」

麻里子は、固い声でいった。

千駄ヶ谷のモーテルの前で見た、夫と桑原ユミの姿が思い出された。

そして、あの時の、暗い、惨めな気持も。

「しかし……」

井関は、当惑した表情で、言葉を続けた。

「きっと、女の方から、誘惑したに決っていますよ。田島君には、昔から気の弱いところがありましたからね。だから、つい、女の誘惑に負けてしまったんでしょう。そうに決っていますよ」

確かに、井関のいうとおりかも知れない。麻里子にも、それは、判っていた。田島には、我儘《わがまま》な反面、気弱なところがあった。精神的に、脆《もろ》いところがあるのだ。桑原ユミの方から、誘ったことは、充分に考えられる。しかし、だからといって、許せる問題ではなかった。女が誘ったのだとしても、その誘惑に負けたことは許せない。それは妻である麻里子に対して、愛情が稀薄《きはく》になったことを示している筈《はず》だから。

「だからといって、許せるでしょうか？」

「勿論《もちろん》、だからといって、僕は、田島君のしたことが、当り前のことだと、いっているのじゃありません」

井関は、あわてていった。

「田島君に代って、弁明しようという積りでもありませんが」

「許した方が、いいと、おっしゃるのね？」

「できれば、と思います。田島君も、きっと、後悔しているに、違いないと、思うんです」

「そうでしょうか」

麻里子は、暗い眼で、自分の指先を眺めた。田島は、自分のしたことを、後悔しているだろうか。妻の麻里子に、知られなければ、と桑原ユミとの情事を、楽しんでいるのではないだろうか。

「田島君は、貴女《あなた》が気付いていることを？」

「知らないと思います。上手《うま》く隠している積りなんでしょう」

口が自然に歪んだ。

井関は、そんな麻里子の顔を、痛まし気に見つめながら、

「もし、田島君が、全てを打ち明けて、許してくれといったら、貴女は？」

「判りません」

麻里子は正直にいった。その時になってみなければ、夫のあやまちを、許せるかどうか彼女自身にも、判らなかった。モーテルで、夫の情事を目撃したときの、激しい屈辱感は、今でもはっきりと、心に残っている。

この惨めな気持が、消えない限り、夫を許すことは、できないかも知れない。

「今は、田島の愛情が、信じられない気持なんです」

「判ります」

井関は、低い声で、頷いて見せた。

「僕も、田島君が、馬鹿な女に、引っかかったものだと思います。勿論、彼にも責任はあります。しかし、きっと後悔していますよ。貴女を失うことが、どんなに辛《つら》いことか、田島君が、一番よく知っている筈だからです」

井関は、田島に会い、それとなく、彼の気持を聞いてみようといった。

「勿論、貴女から手紙を貰《もら》って、上京したとは、いいません。旅館の仕事で、東京に来たことにしておきます。それに、貴女に話せないことでも、昔の友人ということで、僕には話してくれるかも知れません。田島君の本心をたしかめた上で、貴女も、考えを決めた方がいいと思いますが」

麻里子は、暫く考えていた。夫が井関に本心を打ち明けるかどうか、判らない。しかし井関に、会って貰うのが、一番良いような気もした。麻里子は、そうして欲しいと、いってから、

「もう、この話は、止めましょう」

と、不意にいい、グラスに残っていた酒を飲み乾した。

「三年ぶりに、井関さんに、お会いしたんですもの、今度は、井関さんのことを、伺い

たいわ」

「僕のことですか」

井関は、はにかんだような、微笑を、口元に浮べた。三年前に見た童顔が、井関の顔に蘇《よみがえ》っているのに、麻里子は、気付いた。

麻里子も、微笑した。

「仙台で、どんなことを、していらっしゃるの？」

「平々凡々たるものですよ。旅館商売といっても、今のところは、親爺《おやじ》の使い走りですから」

「結婚は？　勿論、もうなさったんでしょう？」

「いや、まだです」

井関は苦笑して、頭をかいた。

「来てくれる人がいなくて」

「そんな……」

……ことがあるものですか、といいかけて麻里子は、その言葉を呑《の》みこんでしまった。

この人は、私のことが原因で、今まで結婚せずに来たのではないだろうか、と思ったからである。この推測は、麻里子の心に、甘い感傷を誘った。少女めいた想像だが、夫の裏切りに、傷ついた心を、甘いオブラートで包む効果はあった。

麻里子は、酔いが深くなるのを感じた。

「踊りませんか？」

井関が、ふいにいった。彼の顔にも、淡い酔いの表情が、浮んでいた。

麻里子は、周囲を見廻《みまわ》した。狭いフロアで、二組の男女が、踊っていた。曲は、ブルースだった。

麻里子は、井関に手をとられて、立ち上った。最初は、ぎこちなく、次第に親しさを増した踊り方になっていった。麻里子は、井関の胸にもたれながら、何年か前の追憶に、捕えられていた。田島と結婚する前、麻里子は井関と、何度か踊ったことがある。あの頃はただ楽しかった、と思う。愛情の機微も知らなかったが、愛情の苦さも、知らなかった。

彼女の美しさを讃美《さんび》する青年達がいた。

田島と、井関は、彼女をモデルにして、『M子の像』を描くことに、夢中になっていた。

優しい母も、まだ健在だった。

麻里子は、踊りながら、眼を閉じた。現実の苦さから、過去の甘美な追憶の中へ、逃避しようとするのは、間違っているかも知れない。麻里子の性格の弱さを、示しているともいえないことはない。眼を開いて、現実を見詰めるべきかも知れない。それは、彼女にも判ってはいた。が、今だけは、夫のことも、桑原ユミのことも、忘れていたかった。

「井関さんは、何故、急に仙台へ帰ってしまったんです?」

麻里子は、眼を開いて、井関を見上げて、聞いた。

「三年前に……?」

「あのとき……」

井関は、遠くを見る眼になった。

「正直にいって、僕は、貴女が好きだった。

愛していたと、いっても構いません。その時、貴女の日記を、読んだのです。貴女の家へ遊びに行ったときです。丁度、貴女は、家にいなかった。貴女のお母さんが、待つようにいわれたので、僕は貴女の部屋で待った。

そのときに、貴女の日記を、読んでしまったのです。貴女は、日記の中で、僕への感情を、兄に対するようなと、書いていた。ショックでした」

井関は、微笑して見せた。

「僕は、否応《いやおう》なしに、自分の立場を知らされたわけです。その頃、田島君が、貴女を愛していたことも、僕は知っていました。その上、彼は、天才として、名声があがり始めていた。田島君こそ、貴女に、ふさわしい。僕はそう思いました。だから、僕は、自分が姿を消すべきだと思った……」

「兄のようだと書いたのは……」

麻里子は、低い声でいった。

「井関さんが、あんまり親しい存在で、あり過ぎたからですわ。でも、あのとき……」

あの時、井関が、結婚を申し込んでいたら自分は、どうしただろうかと、麻里子は思った。それでも、私は田島を選んだろうか。

「もう済んだことです」

井関は、作ったような、微笑を見せた。

「僕にしても、貴女がすでに、田島君と結婚しているから、こうして話すことができるんです。過去のこととして……」

「………」

麻里子は、黙って井関の顔を眺めていた。過去のことだと、井関はいう。

確かにそうだ。三年前のことだ。

しかし、過去は、何時、蘇ってくるかも判らない。

「麻里子さんは、今でも、日記をつけているんですか？」

井関が訊《き》いた。麻里子は「えっ？」と、聞き返してから、

「時々ですけど……」

と、いった。

曲が終った。二人は、テーブルに戻った。

七

甘美な追憶劇は終った。麻里子は現実に引き戻された。

井関に、タクシーで途中まで送られて、麻里子は、家に帰った。

十一時を廻っている。酔いが、まだ残っていたが、軽い興奮は、その為に、心に残っているわけではなかった。

夫に秘密で、井関と会ったことが、彼女の気持を、興奮させているのである。会話を交わす以外のことをしたわけではないが、追憶の中で、精神的な不貞を楽しんだことは、否定できない。

田島は、まだ起きていた。顔を合わせると、

「遅いので、心配していたんだ」

と、いった。夫の情事を知る前だったら、その言葉を、愛情の表現と、率直に受けとることが、できたに違いないが、今は違う。

夫に優しくされれば、される程、それがいいわけめいて、聞えてくる。

桑原ユミのことがあるから、殊更に、優しい態度を見せるに違いないと、麻里子は、考えてしまう。

夫は、桑原ユミのことを、隠し通す積りだ。麻里子には、それが滑稽《こっけい》に見えてならない。私が、何もかも知っているのに、と思う。

麻里子が黙っていると、田島は、

「早く休んだ方が、いいね」

と、いった。

「君は、ひどく疲れているようだから……」

「疲れてなんか、いません」

「しかし……」

「ただ、一寸《ちょっと》、酔っているだけですわ」

「酒を飲んで、来たのか？」

田島の顔に、驚きとも、当惑ともつかぬ表情が浮んだ。

「いけません？」

「いけなくはないが……」

田島は、苦笑を浮べた。夫は、怒ることができないのだと、麻里子は思う。その卑屈な態度が、また、麻里子の心を固くさせる。

「たまには飲むのもいいさ」

田島は、寛容を示していった。

「しかし、身体には、気をつけた方がいいね」

夫の寛大さに、感謝すべきなのだろう。しかし、今の麻里子には、素直に、感謝の言葉は口から出て来ない。寛大さも、情事のカムフラージュの技巧に見えるのだ。

「もう、寝ます」

麻里子は、居間の置時計に、眼をやったまま、いった。彼女は、一人で、自分の寝室に入って、扉を閉めた。夫の情事を知ってからどうしても、田島と、ベッドを共にする気になれずにいる。

田島は、何かいいかけて、途中で止めてしまった。

麻里子は、ベッドの脇の小机に向って、日記帳をひろげた。田島と結婚した当初は、慌しさにまぎれて、記《つ》けることも少なかったが、最近は、また記けるようになっていた。日記を記ける癖は、文学少女時代の、遺産であった。

麻里子は、ペンを取った。

十一月四日
三年ぶりに、Iに会った。Iの顔を見た途端に、追憶が、私を襲った。

麻里子は、井関一彦の、柔和な顔を思い出しながら、ペンを走らせた。

やはり、Iは、私を愛していたのだ。だから、三年前、私の前から、姿を消したのだと、聞かされる。甘美な感傷が、私の身体と、心を包んだ。あの瞬間、私は夫に裏切られた、哀れな女ではなくて、若い異性に愛を捧《ささ》げられる、美しい女に、舞い戻った——

ペンを走らせている間に、夫の寝室の扉が閉まる音が聞えた。独りで、ベッドに入った夫は、一体、何を考えているのだろうか？

麻里子は、ペンを止めて、考える。夫は、まだ、私を愛しているのだろうか。それとも桑原ユミとの情事に、心を奪われているのだろうか。それとも——

麻里子は、暗い眼になって、壁を見つめた。

第二章

一

翌日。井関は約束通り訪ねて来た。

麻里子が、昨日、既に会っていることを知らぬ田島は、

「珍しい人が来たぞ」

と、麻里子に向って、はしゃいだ声を出した。そんな夫の姿が、麻里子には、滑稽に見えた。

井関は、麻里子にも、知り合ったように、

「暫《しばら》くでした」

と、いった。上手な芝居とは、いえなかったが、田島は、井関のぎこちなさに、気付かぬ様子で、

「とにかく、よく来てくれたね」

と、井関の肩を叩《たた》いている。

「何時、着いたんだ？」

田島の質問に、麻里子は思わず井関の顔を見てしまった。井関は、一寸迷ったような

表情を見せてから、

「今朝、着いたんだ」

と、いった。麻里子は、その答に安心して台所に立った。紅茶を入れている間にも、居間から、二人の話声が、聞えてくる。

麻里子は、自然に、聞き耳をたてる姿勢になっていた。

「絵は、もう全然、止めてしまったのか？」

と、夫が訊いている。

「ああ」

井関の返事は、ひどく短い。

「惜しいな」

「惜しくなんかあるものか。僕には才能がないんだ。今になってみると、早く諦《あきら》めてよかったと、思っているんだ」

「いや、君には才能があるよ。もう一度、描いてみたら？」

「その気はないね」

井関は、あっさりいった。

麻里子は、居間に戻った。

「麻里子さんも、変らないな」

と、井関がいった。そのセリフも、あまり上手とは、いえなかった。自然さを欠いていた。

「井関さんも」

と、麻里子は、あわてて井関に調子を合わせた。

暫くして、麻里子はわざと用事を作って、席を外した。その間に、井関がそれとなく、夫の気持を、聞いてくれる筈《はず》だった。

麻里子は、サンダルを突っかけて、外へ出た。そのままの恰好《かっこう》で、附近の寿司《すし》屋へ行き、握り寿司を届けてくれるように頼んだ。顔なじみの寿司屋は、「電話でも、結構でしたのに」と、恐縮した顔でいった。麻里子は、苦笑するより仕方がなかった。

麻里子は、時間を見はからって、家へ戻った。居間に入ると、井関が微笑して見せた。それが、夫の気持を、聞いてくれたという合図であった。

二

次の日。朝食を済ませたあと、麻里子は、夫には黙って家を出た。

井関は、Tホテルに泊っていた。麻里子が訪れて行くと、井関は、部屋へ案内してから今、仙台へ、電報を打ったところだと、いった。

「東京の滞在が、のびるからと、家へ知らせてやったのです」

「すみません。私のことで……」

「そんなことは、ありませんよ。僕は、最初から、長くいるつもりでしたよ。三年ぶりの東京ですからね。早く帰る気はありません」

「それで、主人とは……」

「ええ、貴女《あなた》がいないときに、それとなく、聞いてみました。何か、困っていることが、あるんじゃないかって、です。そうしたら、ある女のことで、困っていると、打ち明けてくれましたよ。田島君の話の様子では、矢張り、女の方から誘ったらしい。それに、つい負けてしまったらしいのです」

「それは、いいわけには、なりませんわ」

「ええ、僕も、そのことを、田島君に、いいました。彼は、ひどく、後悔しているようでしたよ」

「それなら、何故、私に隠そうとするのでしょうか？　私には、今後も桑原ユミとの関係を続けて行きたいと考えているからとしか、思えませんわ」

「そんな筈は、ありませんよ」

「それなら、何故……？」

「それは、田島君が、貴女を愛しているからです」

「愛しているから、女を作り、秘密を作るのでしょうか？」

「いや、愛しているからこそ、全てを打ち明けたとき、貴女を失ってしまうのではないかと、それを恐れているんです。それで、なかなか打ち明けかねているんですよ」

「私には、よく判りませんわ」

「田島君が、全てを打ち明けて貴女に許して欲しいと、いったら貴女は、田島君を許してやれますか？」

「井関さんは、許すべきだと、おっしゃるのね？」

「勿論《もちろん》、局外者の僕に、忠告めいたことを、口にする資格は、ありませんが」

井関は、遠慮勝ちに、いった。

「田島君が、全てを打ち明けたら、貴女は許してやるべきだと、思うのです。何度もいうようですが、今度の件は、魔がさしたのです。芸術家にありがちな、我儘《わがまま》で、そのくせ、気の弱い性格を、女に上手に利用されたんです。田島君は、女とは、手切金を渡して、きっぱり別れるつもりだと、いっていました。だから……」

「本当に、主人は、後悔しているんでしょうか？」

「後悔していると、いっていました。誘惑に負けたことを」

「…………」

麻里子は、黙って考え込んだ。夫が後悔しているからといって、簡単に許せるだろうか。

気の弱さが、原因だとしたら、再び、同じあやまちを繰り返す可能性もあるのだ。

「田島君を、信じてあげなさい」

井関がいった。

「できるなら、信じたいと思っています」

と、麻里子は低い声でいった。三年間、互に愛し合って、生きて来たのである。好んで破局を迎えたいとは、思っていない。

しかし、夫が、桑原ユミとあやまちを犯したのは、夫の愛情が、薄れた為ではないかと麻里子は思う。彼女が拘《こだ》わるのは、そのことだった。口先きで詫《わ》びることは、簡単だ。それを許すことも、簡単に出来る。しかし肝心の愛情が、稀薄《きはく》になっているのだとしたら、一時的な和解が、何の助けになるだろう。ただ、自分を殺して、世間体だけを、つくろうことに、終ってしまうことになる。

（いい加減な、妥協はしたくない）

と、麻里子は、自分にいいきかせた。それは、彼女自身をも、駄目にしてしまうに、違いないから。

三

Tホテルから、家へ戻る道で、麻里子は、井関の言葉を、何度か反芻《はんすう》してみた。夫を許してあげなさいと、井関はいう。夫の友人でもある井関にすれば、当然の言葉かも知れなかった。

麻里子にしても、できれば夫を許したいと思う。三年間の結婚生活に、楽しい思い出が皆無なわけではないのだ。しかし、理屈では割り切れても、感情的に、許せるかどうか、麻里子には、自信がない。あのモーテルでの惨めな記憶が、完全に消え去るまでは、本当の和解は、不可能かも知れないし、時間も、かかるに違いないのである。

家の前まで来て、麻里子は足を止めた。

井関の話では、夫は自分のあやまちを、打ち明けたという。後悔しているとも、いったらしい。と、すれば、今日、妻の麻里子に向っても、桑原ユミとの関係を、打ち明けて、許しを乞《こ》うかも知れない。口下手な夫のことだから、きっと、シドロモドロになってしまうだろう。その時、一体、どんな態度をとったらいいのだろうか。無視すべきだろうか。

それとも、黙って聞くだけは聞くべきだろうか。心の決らないままに、麻里子は、玄関をあけたが、その時、若い女の、けたたましい笑い声が、麻里子の耳を打った。

麻里子は、立ち竦《すく》んだ。自分の顔から、血の気の引いて行くのが、はっきりと判った。妙に、粘りつくような笑い声は、桑原ユミに間違いない。麻里子の心から、和解の幻影が消えた。

麻里子は、固い表情で、玄関を上った。

桑原ユミの笑い声が、また聞えた。どうやらアトリエに居るらしい。絵のモデルになっているのだろう。麻里子は、桑原ユミの逞《たくま》しい乳房を思い出した。そして、男の眼を眩惑《げんわく》する身体の線を。

麻里子は、胸がむかつくのを感じた。

夫は、井関に嘘をついたのだ。打ち明けたのは、本当だろう。しかし、後悔しているというのは、嘘だ。本当に後悔しているのなら桑原ユミを、二度と、モデルに使うことは、ない筈ではないか。

夫は、妻の麻里子にさえ判らなければ、桑原ユミと関係を続けていくつもりなのだろう。

妻に知られるのを恐れながら、一方では、桑原ユミへの未練が、絶ち切れないのかも知れない。いずれにしろ、麻里子は、夫の行為に、許せないものを感じた。余りにもエゴイスティックではないか。余りにも、妻というものを、無視しているではないか。それが、自己のあやまちを認め、後悔している人間の行動だろうか。

夫が、井関へ打ち明けたのは、一つのポーズに違いない。井関が、麻里子へ話すことはあるまいと思い、たかをくくって、善良な夫のポーズを、とって見せたに決っている。

麻里子は、居間へ入ったものの、桑原ユミの声の聞える場所に、落着けなかった。

そのまま、玄関へ引き返そうとしたとき、ドアが開いて、田島が、顔を覗《のぞ》かせた。そこに、麻里子の姿を見て、驚いた眼付きになった。

「帰っていたのか……」

田島の声は、ひどくぎこちない。狼狽《ろうばい》しているようだった。

麻里子は、黙って夫を見やったが、その眼が、自然に睨《にら》む眼になっていた。

「今、桑原君が来ててね。つまり……」

「知っています。笑い声が、聞えましたから」

麻里子は、抑揚を殺した声でいった。

「あんな大きな笑い声は、桑原さんの他にはいませんものね」

「そうか、知っていたのか」

田島は、妙な合鎚《あいづち》の打ち方をした。麻里子は何が、そうか、なのかと思う。何が、知っていたのかだ。

麻里子は、黙って、夫に背を向けた。その背中に、夫のあわてた声が、追いかけて来た。

「麻里子。君に話したいことがあるんだが」

「どんなことです？」

「此処《ここ》では、話しにくい。二階へ来てくれないか？」

「どんな話か知りませんけど、今日は伺いたくありません」

「しかし……」

「私、出かけて来ます」

「出かけるって、何処へ？」

「きれいな空気を、吸いに行って来るんです」

麻里子は、精一杯な皮肉ないい方をして、居間を出た。

田島が、甲高い声で呼んだ。が、麻里子は振り向かなかった。

四

麻里子が、その足で再びTホテルを訪れると、井関も、流石に、驚いた表情になった。

「一体、何があったんです？」

井関は、麻里子を部屋に通してから、訊《き》いた。

麻里子は、その質問には答えずに、

「お酒、ありません？」

と、いった。

「此処には、ありませんが、一体、どうしたんです？」

「お酒が飲みたいんです。この間行ったバーへ、連れて行って下さい」

「そりゃあ、喜んで、お供しますが、しかし何が……」

「いいたくないんです」

「判りました」

井関は、頷《うなず》いてみせた。

「とにかく、外へ出ましょう」

二人は、ホテルを出た。

風が冷たい日だった。街には、夕闇が立ちこめようとしている。まだ微《かす》かに明るさを残している空に、蒼白《あおじろ》い月が、昇りはじめていた。

盛り場のネオンに向って、歩いていた井関が、ふいに足を止めて、背後に眼をやった。

「どうなさったの？」

麻里子も、つられて、足を止めてから、訊いた。

「今、田島君の姿を見たような、気がしたんですよ。恐らく、僕の見まちがいでしょう」

「主人を？」

麻里子は、あわてて、影の深くなった、周囲の景色を見廻《みまわ》したが、夫の姿は見えなかった。

「きっと、僕の見まちがいですよ。田島君だったら、向うから、声を掛けてくる筈《はず》ですからね」

「そうでしょうか？」

「そうでしょうかって……」

井関は、狼狽した顔になった。

「貴女《あなた》は、一体、何を考えているんです？」

「主人は、私の後を、つけて来たのかも知れません」

「まさか。何故、そんなことをする必要が、あるんです？」

「きっと、自分に疚《やま》しいところがあるから、私も、同じことをするにちがいないと思ったんでしょう」

「田島君は、そんな人間じゃありませんよ」

「いいえ」

麻里子は、激しい調子でいった。

「主人は、我儘《わがまま》で、そのくせ嫉妬《しっと》深いところがあるんです。私の後をつけるくらいのことは、やりかねない人です」

麻里子は、吐き出すようないい方をした。

疑惑には、際限というものがない。一度、疑い出すと、夫のあらゆることが、腹立たしく思えるようになり、疑惑の対象になってくるのである。夫の我儘なところも、前には、芸術家らしい稚気に思えたこともあったし、嫉妬深さも、一種の愛情の表現だと、思っていたことがある。全ての評価が、一変してしまったのである。

麻里子は、アンドレ・ジイドの『女の学校・ロベール』を想い出した。この皮肉な小説は二部に分れていて、前篇では、夫のあらゆることが、美点に見える女の気持が、書かれている。それが後篇になると、律義さと思えたのが、小心さであり、柔和は覇気の無さに変ってしまう。愛していた時は、全てが立派に見えたのに、愛が消えてしまうと、同じ人間が、救いようのない、欠点だらけの人間に見えて来る。

今の麻里子が、この小説のヒロインと、同じ気持を、持っていた。偶像が、落ちてしまったのである。

「弱りましたね」

井関は、困惑した表情で、いった。

「余り、悪い方へ悪い方へと、考え過ぎない方が、いいですよ。田島君が、本当に愛しているのは、貴女だけです。これだけは、信じてあげなさい。それでなければ、田島君が、可哀そうです」

「私も、信じたいと思います。でも、主人の方で、信頼を裏切るようなことばかり、するんですから」

「やっぱり、何かあったんですね。一体、何があったんです？」

「家に帰ったら、桑原ユミが、来ていたんです」

「桑原ユミというのは、例の女ですね。それなら、きっと、女が押しかけて来て、追い返そうとしているところへ、貴女が、帰ったのですよ。他には、考えられないじゃありませんか？」

「違います」

麻里子は、きっぱりといった。あの、人を馬鹿にしたような、甘ったるい桑原ユミの笑い声は、決して追い返されるときのものではない。アトリエの椅子に、長々と寝そべって、豊満な乳房を、誇示しながらたてた、笑い声に決っている。

「とにかく、私には主人が信じられなくなりました」

麻里子は、暗い眼で井関を見詰めていった。

五

お酒は、苦かった。

麻里子は、酔いが廻るのを感じた。彼女は、霧のかかったような眼で、井関を眺めた。

「とにかく、田島君を、信じてあげなさい」

井関は、同じ言葉を繰り返している。先刻から、井関は何度、同じ言葉を口にしたろう。

それは、まるで、「僕は、田島の親友なのですよ」と、いっているように、麻里子には聞える。

「そして、彼を許してやるべきです。詰らない女のことで、折角築き上げた幸福な家庭を毀《こわ》してしまうのは、馬鹿げていますよ。そうじゃありませんか？」

「原因は、詰らない女のことかも知れません。でも、主人の愛情が信じられなくなったということは、大事なことですわ」

「それは判ります。ただ、僕のいいたいのは、詰らない女の為に、折角の幸福な家庭を破壊することになったら、それこそ、女の思う壺《つぼ》だということです。だから――」

「だから、何もかも、私に我慢しろとおっしゃるのね？」

「そうは、いいません。悪いのは、あくまでも田島君の方です。だから、僕も、もう一度彼に会って、その女とは、きっぱり手を切るようにいいます。その上で、貴女にも寛容になって欲しいのです。田島君は、いい人間です。気が弱く、誘惑に負け易いのは欠点ですが、だからといって、全てを悪く見ては、彼が可哀そうです」

井関は、同じ言葉を、何度も繰り返している。彼も、酔って来たのかも知れない。壁にもたれて、煙草に火を点《つ》ける。一度で火が点かず、マッチを何本か無駄にしていた。

「とにかく……」

と、井関が、繰り返した。

「田島君を、許しておあげなさい。彼は、いい人間ですよ」

「もう、その話は、止めましょう」

麻里子がいうと、井関は、一寸《ちょっと》驚いた表情をして見せてから、

「そうですか。しかし……」

「いいんです。もう。それより、踊りません？」

麻里子は、井関の手を取って、立上った。一昨日の夜のように、感傷の中に、逃避したかった。そのために、飲んだ酒なのである。勿論《もちろん》、それが、何の解決にもならないことは、麻里子も知っている。しかし、今は、夫のことを忘れたかった。夫のことだけでなく、桑原ユミのことも。

井関の腕が、彼女の身体を、そっと抱く。麻里子は、眼を閉じて、甘いムードミュージックに耳を傾ける。

麻里子の頭の中で、三年の歳月が消えていく。彼女は、想像の中で、現実から三年前

に逃避する。田島麻里子から、諸石《もろいし》麻里子に返るのだ。あの頃、愛という言葉は、幸福としか結びついていなかった。

裏切りや、疑惑は、小説や映画の中だけにしか存在しないような気がしていたものだった。できるなら、あの頃に戻りたいと思う。少なくとも、井関と一緒に居る間だけでも。

現実逃避と、感傷癖は、麻里子の子供の頃からである。二十七歳の現在も、その性格は、変っていない。これは、明らかに、彼女の意志の弱さを示している。

日記を書くという習慣も、彼女の場合には自省の強さを示すより、一種の自慰行為と、いえないことはなかった。

麻里子は、まだ、眼を閉じている。眼を開けば、恐ろしい現実が、そこに横たわっている。井関と別れ、家に帰れば、否応《いやおう》なしに、夫と、顔を合わせなければならない。そして対決しなければならない問題が、待ち構えている。

「怖いわ……」

麻里子は、井関の胸に抱かれたまま、呟《つぶや》くような、低い声でいった。

六

その日の帰宅は、十一時を過ぎていた。麻里子は、できるなら、夫が先に寝ていることを欲しながら、玄関に入った。夫と顔を合わせるのが、いとわしかった。心構えが、まだできていない。

しかし、田島はまだ起きていて、麻里子を待っていた。

「君に話さなければならないことが、ある」

と、田島は固い声でいった。麻里子の表情も、自然にこわばった。残っていた酔いが、急激に、醒《さ》めていくのが判った。「対決」という、とげとげしい言葉が、彼女の頭に、浮んで消えた。

「とにかく、坐《すわ》ってくれ」

田島が、乾いた声でいった。麻里子は、黙って、ソファに腰を下した。自然に、警戒心が、心に湧き上ってくる。欺《だま》されてはいけないと、自分にいい聞かせた。どうせ、夫は、自己弁護の言葉を並べるに違いないのだから。

「あのね……」

田島は、低い声でいい、落着かない様子で手をこすり合わせた。

「僕は、君の許しを乞《こ》わなければならないことを、してしまったのだ……」

「…………」

「勿論、僕は、君を愛している。いや、結婚したときより、君に対する愛情は、強くなっている積りだ。だから、今度のことは、魔が差したとしか、いいようがないんだ……」

「何のことを、おっしゃっているのか、私には、判りませんけど」

「本当に、知らないのか？」

「何のことですの？」

麻里子は、意地の悪い眼付きになっていた。

田島は、小さな咳払《せきばら》いをし、疑わしそうに麻里子の顔を見た。

「本当に知らないのか？」

と、もう一度、いってから、

「実は、桑原君のことなんだが……」

「桑原さんが、どうしたんですの？」

「それが……、一月前、彼女に誘われて、つい、その誘惑に負けてしまったんだ。今更、どんないいわけをしても、とりかえしのつくことでないと判っている。判ってはいるんだが、僕は、君を……」

田島の顔が赭《あか》くなり、口をついて出る言葉が、連絡を失って、シドロモドロになって来た。夫が、落着きを失って行くにつれて、麻里子の方は、冷静になった。動揺し、あわてている夫の顔が、滑稽《こっけい》に見えて来さえした。

「貴方《あなた》のおっしゃるのは、貴方が、桑原ユミと、千駄ヶ谷のモーテルへいらっしゃったことですの？」

「どうして、それを……？」

田島の顔に、驚愕《きょうがく》の色が浮んだ。顔色が、変ってしまっている。歪《ゆが》んだ顔が、まるで、いたずらをみつけられた、幼児のように見えた。

夫は、ある面では、子供めいたところがある。しかし、だからといって、夫を許せはしない。

「そうか、知ってたのか……」

田島は、蒼《あお》い顔でいった。

「さぞ、僕が滑稽に見えたことだろうな。君に知られまいとして、戦々兢々《せんせんきょうきょう》としている僕がね」

「戦々兢々としていらっしゃったようには、見えませんわ。今日だって、アトリエで、桑原ユミが、面白そうに、笑っていたじゃありませんか」

「あれは、桑原君が勝手に押しかけて来たんだ。勝手に上りこんで来て……」

「モーテルへ、いらっしゃったときも、桑原ユミが、勝手に貴方を連れて行ったわけですのね。だから、貴方には責任がないと、おっしゃる積りですのね？」

「いや、責任逃れを、する積りはない。ただあの女のことは、一時の悪夢だったことをわかって欲しいんだ。勿論、悪いのは僕だ。

君に、何といわれても仕方がないと思っている。しかし、勝手ないい方だが、こんなことで、君を失いたくないんだ。君を失うくらいなら……」

「私に対する愛情が、変っていないなら、今度のようなことは、起きる筈《はず》が、ないと思いますけど」

「そういわれると、返す言葉はないが、あの女のことは、どうして、あんなことになったのか、自分でもわからないんだ。きっと、どうかしていたんだと思う。他に考えようがない」

「だから、私に、忘れろと……」

「できれば、そうして欲しいんだが」

「勝手な、おっしゃり方ですのね」

「君が、そういって怒るのは、当然だ。勝手な言い分だということも承知している。しかし、僕は、君を……」

「失いたくない？」

「その通りだ。僕は、君を失いたくないんだ」

「考えさせて、頂きます」

「考えるって、君は、まさか……」

「とにかく、考えさせて、頂きたいんです」

麻里子は、かたくなないい方をして、ソファから、立ち上った。田島の顔に、怯《おび》えたような表情が浮んだ。口元が歪んでいる。

「君は、まさか、僕を棄てるなんて、いうんじゃないだろうね」

「私が、棄てる……？」

麻里子は、その大袈裟《おおげさ》ないい方に、苦笑した。

「私は、ただ、考えさせて欲しいと、申しあげているだけですわ。何故、そんなことを？」

「僕以外に、誰か……と、思ったんだ」

「…………」

麻里子は、おやっと、眼を大きくした。井関の言葉が、思い出された。

井関は、夫が後をつけているのを、見たような気がしたと、いった。その時、本当に夫は、後をつけていたのではないだろうか。

夫は、麻里子の後をつけ、彼女が、井関とバーに入るのを見たのかも知れない。そして妙な疑惑を抱き、今の言葉を口にしたのではあるまいか。

夫は、自分が我儘《わがまま》なくせに、妙に嫉妬《しっと》深いところがある。この推測は当っているかも知れないと、麻里子は思った。

「とにかく、僕は君を離さないからね」

田島の、その言葉を聞き流して、麻里子は居間を出て、二階に上った。

七

時計は、すでに、十一時四十分を指している。ベッドに、横になったものの、様々な思いが、脳裏をかすめて、麻里子は、眠ることができなかった。

何かを、考えなければ、ならないと思う。

そう思いながら、何を考えなければならないかさえ、麻里子には、判らない。

麻里子は、眠れぬままに、枕元の灯《あかり》をつけ、腹這《はらば》いになって、日記帳を拡げた。自分の気持を、確めておかなければ、ならなかった。

ペンをとって、麻里子は、様々な言葉を、ノートに、書いてみた。

愛
裏切り
不安
桑原ユミ

麻里子は、書きつけた言葉を、眺めた。夫は、私を裏切った。あんな、脂肪の塊りのような女を、抱くことによって。

夫は、それを許せという。告白したからといって、簡単に許せることではない。たとえ世間体を考えて、和解したところで、心に受けた傷は、癒《いや》されはしない。生半可な妥協はかえって、憎しみを内攻させる役にしか、たたないだろう。

私には、判らない。

と、麻里子は、ノートに書きつけた。判らないが、結論は、出さなければ、ならないのだ。

夫は、本当に、自分の行為に、責任を感じているのだろうか。本当に、許しを求める気持になっているのだろうか。それとも、口先きだけだろうか。もし、そうなら、私は、絶対に夫を許すことは、できない。それに、Ｉのことがある。夫は、Ｉと私の間を、変な眼で、見ているらしい。もし、そうだとしたら……

そこまで書いて、麻里子は、ペンを置いて考え込んだ。

一体、自分は、井関をどう考えているのだろうか？　麻里子は、その疑問に、突き当った。

（私は、ただ、相談相手として、井関を呼んだのだ）

と、麻里子は、自分にいい聞かせる。しかし、その言葉は、彼女自身を完全に、納得させはしなかった。

井関に抱かれて踊ったとき、相手を、単なる相談相手としてしか、意識しなかったろうか。そうだといい切る勇気は、麻里子にはない。

三年前、彼女を愛していた故に、東京を去ったのだと聞かされたとき、甘い感傷が、彼女の心を包まなかったろうか。あのとき、彼女は、精神的な不貞を犯していたのでは、なかったろうか。麻里子には、それを否定することも、できなかった。

(井関さんの方は、私のことを、どう考えているのだろうか?)

井関の気持も、麻里子には、問題だった。彼は、田島の友人としての立場と節度を、懸命になって守っている。彼女に向って、何度となく、夫を許すように、忠告している。あの言葉が、嘘だとは、勿論《もちろん》、考えてはいない。

しかし、三年前の、彼女に対する愛情が、今でも消えていないとしたら、井関の言葉にも、気持にも、微妙なものがあるに違いなかった。井関は、自己の感情を、押し殺しているのかも知れない。もし、井関が、その感情を爆発させたら、どうなるだろう。彼女の不安定な気持は、急速に、井関に傾いていくかも知れない。

夫は、そうした不安を感じているかも判らない。井関が、妻を奪うのではないかという不安を。そして、夫は、井関を、憎むようになるかも知れない。

麻里子は、暗い翳《かげ》が、心に射すのを感じた。

何か、恐ろしいことが、起るのではないだろうか。

第三章

一

翌朝遅く、ベッドから離れて、下へ降りて行くと、夫の姿が、見えなかった。アトリエにも居ない。居間に戻って、テーブルの上に置手紙のあるのに、気付いた。

雑誌社の依頼で、急に、伊豆《いず》へ、スケッチ旅行に出掛けることになった。良く寝ているようなので、起さず行きます。

明後日の夜、帰京の予定。昨夜話したことを、よく考えて下さい。僕は、君を失いたくないのだ。

その気持を、判って欲しい。

余白の部分に、伊豆で泊るホテルの名前が書いてあった。

麻里子は、読み終えると、ほっとした。

決断の時間が、少しでも延びたことは、嬉《うれ》しかった。何よりも、考える時間が、欲しかったからである。

午後になって、銀座《ぎんざ》のフルーツ・パーラーで、井関に会ったとき、麻里子は、夫の旅行のことを話した。

「貴女《あなた》に、考える時間ができたことは、良かったかも、知れませんね」

と、井関もいった。

「私も、そう思っているんです。色々と、考えなければ、ならないことが、あるような気がするんです」

「色々と、というのは？」

「今まで、主人のことを、あまりにも考えなさすぎたと思うのです。三年間、夢中で過ごしてしまって、主人の欠点にまで、眼をつむってしまっていたような気がするのです」

「一寸《ちよつと》、待って下さい」

井関は、あわてて、麻里子の言葉を、さえぎった。

「あんまり考え過ぎるのは、かえって、危険ですよ。貴女は、今、田島君に欺《だま》されたと考えている。その気持で、彼を見たら、全てが悪く見えてしまう危険がありますからね」

「私は、冷静ですわ」

「しかし……」

「冷静に考えて、主人の色々な欠点が、眼につくようになったということですわ。それに、私には、主人が、だんだん信用できなくなって来るのです。考えれば、考えるほど。

私に対する愛情が、まだ、主人の心に残っているのでしょうか？」

「勿論でしょう。だからこそ、貴女に、許して欲しいと、いったのでしょう。愛していないのなら、そんなことはいいませんよ」

「そうでしょうか？　愛の残滓《ざんし》は、あるかも知れません。でも、三年前と同じように、私を愛してくれているかどうか、私には、判らないんです。確かに、主人は、女のことを打ち明けて、許して欲しいと、いいました。私を失いたくないとも、いいました。でも、それが、愛情の証明になるとは、思えないのです。私を失いたくないのも、ただ、世間体の為かも知れませんもの」

「そんな風に、悪く悪く考えては、いけませんね」

井関は、難しい顔になった。困惑の色が、顔全体に浮んでいる。

「田島君のためにもならないし、貴女自身も傷つけることになりますよ」

「私は、もう、充分に傷つけられていますわ」

麻里子は、硝子《ガラス》窓から見える、銀座の夕景に、眼をやった。その眼に、暗い怒りに似たものが、浮んでいた。

「それに……」

と、麻里子は、いった。

「主人は、自分のことを棚にあげて、私と、貴方《あなた》の間を、疑っているようなのです。そんな、主人の手前勝手を、私には、許せない気がするのです」

「僕と貴女のことを……？」

井関は、驚いた眼になったが、次の瞬間には、暗い、翳のある表情になって、

「僕が、迂闊《うかつ》でした。田島君が、疑うのは、当然です」

「何故、当然なんでしょう？　私達の間には何もないじゃありませんか」

「疚《やま》しいところはなくとも、変に思われても仕方のない立場にいることは事実です。僕は貴女を愛していたことがある。いや、今でも貴女が好きだ。その僕が、貴女と二人だけでいれば、疑われても、仕方がありません。殊に、田島君は、今、貴女を失うのではあるまいかという不安に、襲われているときです。その眼で見れば、僕が、貴女を奪おうとしているように見えても、仕方がないかも知れません」

「かまいませんわ」

麻里子は、あらい眼で、井関を見詰めた。

「主人に、私達を咎《とが》める資格が、あるでしょうか？　自分のことを棚にあげて、私達を、疑うのは、勝手過ぎると思います。昔から、主人には、自分勝手なところがありました。自分には寛大で、他人には、厳しいところが……」

「田島君に、我儘《わがまま》なところのあるのは、僕も認めますが、それは、芸術家にありがちな、子供っぽい……」

井関は、途中まで、いってから、ふいに、

「おやっ」

と、小さく、呟《つぶや》いた。

「あれは、田島君じゃありませんか」

井関は、道路を隔てた、向う側のビルを、眼で示した。丁度、同じ高さに、喫茶店があり、その隅に、濃紺のコートを着た男が、腰を下している。麻里子が、眼を向けた瞬間、カーテンで、顔を隠してしまったが、それはまぎれもなく、夫の田島だった。

麻里子の顔が、蒼《あお》くなった。

「田島君は、伊豆へ、行ったんじゃ、なかったんですか？」

井関が、不審そうにいった。麻里子は、怒りが、こみあげてくるのを感じた。夫は、私を欺したのだ。

「伊豆へ行くなんて、嘘をいって、私達の後をつけていたんです。そうに決っています」

「まさか、そんな陰険なことを、田島君が、やる筈《はず》がありませんよ。いくら何でも……」

井関は、狼狽《ろうばい》した声でいい、ハンカチーフで、額の辺りを拭《ふ》いた。暖房が、効きすぎているのかも知れない。

「伊豆へ旅行するので、雑誌社の人と、あの店で、待ち合わせているのかも、知れませんよ」

「そんなことが、あるものですか」

麻里子が、吐き出すようにいったとき、向うの喫茶店の窓から、田島の姿が、急に消えた。二人に見つかったのを知って、いづらくなったのだと、麻里子は思った。

「私、電話を掛けて来ます」

麻里子が、ふいにいった。

「何処へ？」

井関が、驚いた顔で訊《き》く。

「スケッチを頼んだ雑誌社にです。あの喫茶店で、主人と、待ち合わせることになっているのかどうか、聞いてみるんです」

井関が、止めるのを振り切るようにして、麻里子は、テーブルを離れた。

フロントで電話を借りて、雑誌社を呼んだ。

電話に出たのは、麻里子も、二、三度会ったことのある、編集者だった。

「先生に、伊豆のスケッチを、お願いしたのは、私共ですが」

と、その編集者が、いった。

「すべて、先生に、お任せしてあります。自由に描いて頂くように、申しあげてあるのです。期日の方も、二十五日までに、描いて頂ければと、思っているのですが、今日、お出掛けに、なったんですか？」

「そのことで、おたくと、今日何か打ち合わせることが、ありましたでしょうか？」

「いや、何もありません。今、申しあげたとおり、全て、先生にお任せしてありますから。何か、ご都合の悪いことでも、できたのでしょうか？」

「いいえ、何でもございません」

麻里子は、低い声でいって、受話器を置いた。彼女の顔が、歪《ゆが》んでいる。やはり、夫は彼女と井関との間を疑って、後を尾《つ》けていたのだ。しかも、伊豆へ行くふりをして、彼女を安心させておいて。卑劣だと思う。余りにもやり方が、陰険ではないか。井関の待つテーブルに戻りながら、麻里子は、こみあげてくる不快感を、持て余していた。

二

「全て、僕に責任があります」

井関は、暗い顔でいった。

麻里子は、井関の顔を見詰めた。ひとりでに、何かを期待する眼になっている。自分から、求めて、危険な淵《ふち》を歩こうとしている眼だった。人妻の眼ではない。女が剝《む》き出しになった眼だった。

井関は、眩《まぶ》しそうに、一寸、視線を外した。

「ただ、本当のことをいえば——」

「本当は？」

「正直にいえば、僕は貴女に和解をすすめながら、内心では、ひょっとして、貴女が……

…」

「私が……？」

麻里子は、井関を見詰めたまま訊く。井関が、何をいいたいかは、判っていた。判っていて訊いたのは、踏み切るための、きっかけが欲しかったからかも知れない。井関が、ただ「貴女《あなた》を抱きたい」とさえいえば、麻里子は、何の躊躇《ちゅうちょ》もなく、彼の腕に抱かれるだろう。

「貴女の相談相手として、僕ほど、不適任な人間は、いない筈です。それを知っていながら、僕は、貴女と一緒にいられるのが嬉《うれ》しくて、忠告めいたことを、いって来ました。田島君が、疑いを持つのは当然です。田島君は、僕が、貴女を好きだったことを、知っていますからね」

「構いません」

「貴女がそういっても……」

「構いません。私だって、貴方が相談相手として、完全だと思ったことはありません」

「それなら、何故、僕を呼んだのですか？」

「貴方以外に、全てを打ち明けられる人が、いなかったからですわ。それに……」

「それに？……」

「私の気持の中にも、貴方が、今でも、私を愛してくれていたらと、それを期待する気持が、あったのだと思います。だから、私は、貴方を……」

「貴女は、田島君に、僕との間を、疑われても、構わないのですか？」

「構いません。あんな卑劣な人に、なんと思われようと、構いません」

麻里子は、甲高い声でいった。気持の昂《たか》ぶりが、そのまま声になった感じだった。

人間の気持は、奇妙なものである。つい、さっきまで、井関と危険な会話を交わしていても、或《あ》る一線を、踏み越える勇気は、彼女にはなかった。

人妻という意識が、絶えず一つのブレーキとなって、彼女の心を、押さえていたからである。しかし、夫が、自分を疑っていると知ったとき、彼女を捉《とら》えていた、人妻の意識は消えてしまった。疑われていることに、反撥《はんぱつ》する気持が、ブレーキを、毀《こわ》してしまったのである。今ならば、井関が誘えば、何処へでも、行けそうな気がした。

例えば、千駄ヶ谷の、あのモーテルにでも。

「貴方《あなた》は、今でも、私を好きだと、おっしゃいましたわね？」

「それは……」

と、いいかけて、井関は急に小さく頭を横にふった。

「僕には、できない……」

井関は、苦渋に満ちた表情でいった。麻里子は、何かが井関の心に、ブレーキをかけたのを知った。

「僕には、友達を裏切るようなことは、できない。それに……」

「それに？」

「あの肖像画のことを、思い出したんです」

「三年前、僕と田島君が、貴女をモデルにして、肖像画を描いたのを、憶《おぼ》えているでしょう？」

「肖像画……？」

「あのことなら、憶えていますけど……」

「あのとき描いた、田島君の絵が、特選になって、同時に、出世作にもなったわけですが、あのとき、僕が驚いたのは、絵の素晴らしさよりも、田島君の貴女に対する愛情の強さでした。あの絵には、貴女に対する愛情が溢《あふ》れていました。それに、僕は圧倒された――」

「その愛情だって、今は消えてしまっているに、決っています」

「しかし、僕には、あの絵から受けた強い印象が、忘れられないのです。田島君は、あの絵を、愛情の印として、貴女に捧《ささ》げたのでしょう？　あの絵が、ある限り、田島君の、貴女に対する愛情は、消えていない気がするのです。それを考えると、僕は……」

「…………」

「田島君は、今でも、貴女を愛しているに決っていますよ。今日のことも、貴女を愛していればこその、ことかも知れません」

「…………」

麻里子は、黙っていた。彼女は、危険が急激に遠のいていくのを感じた。甘美な危険がである。井関は、「貴女を抱きたい」という代りに、肖像画の話を持ち出してしまった。

麻里子は、ほっとすると同時に、軽い失望が襲うのを感じた。

「出ましょう」

麻里子は、ゆっくりと、立ち上った。

三

井関とは、有楽町《ゆうらくちょう》の駅で別れた。

時間は、九時を廻《まわ》っている。改札口を通って、ホームへ出たところで、麻里子は、背後から、声を掛けられた。男の声だったので、井関が追って来たのかと、一瞬、甘美な期待に、胸を躍らせたが、振りむくと、井関ではなかった。夫と同じ「新紀会」のメンバーの江上風太《えがみふうた》という画家である。

背の低い、太った男である。見栄えはしないが、才能もあり、気さくな人柄でもあった。

田島や、井関より年上だが、小柄で、童顔なせいか、かえって、若く見えた。

「やっぱり奥さんでしたね」

と、三十五歳で、まだ独身の画家が、いった。顔が赭《あか》いのは、酔っているらしい。アルコールの匂いがした。

「つい、さっきまで、田島君と飲んでいたんですよ」

と、江上風太が、いった。

「主人と、ですの?」

「ええ、銀座の裏通りで、ばったり会いましてね。ひどく、深刻な顔をしているから、慰めてあげようと、新橋《しんばし》の飲み屋へ、連れていったんです」

「それで、主人は?」

「新橋から車で、帰りましたよ。ひどく荒れていましたが、何か、あったんですか?」

「いいえ」

麻里子は、あわてて、頭を横に振った。

「それで、主人は、家に帰ったのでしょうか? 伊豆へ、スケッチ旅行に行く筈《はず》になっていたんですが」

「それじゃあ、タクシーを、伊豆まで飛ばしたかも知れません。スケッチ旅行のことは、別に、いっていませんでしたが」

「主人は、どんなことを、江上さんに、話したんでしょうか?」

「それが、一向に、要領を得ないんですよ。畜生! と叫んだり、俺には、どうしたらいいか判らない、といったりしましてね」

江上風太は、不遠慮ないい方をした。

「てっきり、奥さんと、チャンチャンバラバラをやったんだと思ったんですが」

「そんなことは、ございませんわ」

「そうですか。そうすると、絵のことで、悩んでいたのかな。最近、一寸《ちょっと》、マンネリズムの傾向があるといわれて、それを、気にしていましたからね。とにかく、慰めてやって下さい。こんなことは、余計な、お節介でしょうが」

江上風太が、そこまでいったとき、電車がホームに入って来た。江上は、それに乗り込んでからも、ホームに残った麻里子に、

「田島君を、慰めてやって下さい」

と、同じ言葉を、繰り返していた。人の好《よ》さが、その態度や、言葉に表われていたが、今の麻里子には、その好意が、いとわしく、重荷でもあった。

麻里子が、家に帰ったのは、十一時に近かった。家の前まで来て、入るのが躊躇《ためら》われた。夫が、家に戻っていたら、顔を合わせるのが嫌だったからである。

灯《あかり》は、消えていた。鍵《かぎ》も外側から掛っている。夫は、タクシーで、伊豆へ行ったようである。それとも、一度、家に戻ってから、伊豆へ、行ったのかも知れない。

麻里子は、鍵をあけて家へ入った。夫の気配はない。ほっとして、そのまま、二階へ上ろうとしたが、急に、アトリエに入ってみる気になった。井関の言葉を、思い出したからである。夫が、彼女をモデルにして描き、出世作ともなった、『M子の像』は、アトリエの棚に、しまってある筈だった。

井関がいったように、あの肖像画を描いた頃の、夫の愛情は本物だったし、純粋でもあったと思う。あれを描いたのは、まだ、結婚する前で、特選になり、高い買い値がつ

いた絵を、田島は彼女に捧げてくれたのである。

いわば、あの絵が、結婚の贈り物であった。

あの絵を描いたときの、激しい愛情は、何処へ消えてしまったのだろうか。

麻里子は、人気のない寒々としたアトリエに入り、灯を点《つ》けた。がらんとした部屋には、石油ストーブが置かれ、描きかけのカンバスが、積み重ねてあった。

麻里子は、隅の戸棚を開けた。気に入った絵が、何枚か、そこに入っている。

『M子の像』は、すぐ見つかった。大きな絵である。鮮やかなタッチで、微笑している麻里子の半身像が、そこに描かれてある筈であった。

麻里子は、棚から下して、灯の下で眺めたが、「あッ」と、思わず、悲鳴に似た叫び声をあげてしまった。

肖像の、顔の部分が、べったりと、赤絵具で、塗り潰《つぶ》されていたからである。

四

麻里子は、無残に塗り潰された絵の前で、暫《しばら》くの間、立ち竦《すく》んでいた。驚愕《きょうがく》が消えると同時に、激しい怒りが、彼女の心を捉《とら》えた。まるで、自分の顔に、絵具を塗りたくられたような、不快さと怒りを感じた。

犯人は、夫に決っている。夫は、江上風太と、酒を飲んでから、一度、家に戻ったに違いない。そして、憤懣《ふんまん》を、この肖像画にぶつけたのだろう。他に考えようがなかった。

いかにも、夫らしい遣《や》り口だと、麻里子は思う。夫は、我儘《わがまま》なくせに、小心なのだ。彼女が、井関と一緒にいる姿を見て、嫉妬《しっと》にかられたものの、直接、彼女にいうだけの勇気が、ないのだ。だから、酒を飲み、この肖像画に、八つ当りしたに決っている。麻里子には、「畜生、畜生！」と、叫びながら、絵具を塗りたくっている夫の姿が、見えるような気がした。

麻里子は、夫との間に一層深い断層のできたのを感じた。こんな子供じみた方法で、嫉妬心を、まぎらそうとした夫が、阿呆《あほう》のように、思えた。天才として、栄光に満ちた芸術家の姿は、麻里子の心から消えてしまった。

今、彼女の前にあるのは、女にだらしのない、そのくせ嫉妬深い、小心な男の像である。

麻里子は、『M子の像』を、戸棚にしまった。心の隅に残っていた、夫に対する未練も、絵を見たことで、完全に消えてしまった気がした。こんな卑劣な、小心な夫なら、もう愛することはできないと思う。ここに示されているのは、愛情ではなくて、単なる嫉妬にしか過ぎないのだ。それに応《こた》える必要が何処にあるだろう。

麻里子は、アトリエを出た。明日になったら、家を出ようと思った。夫と顔を合わせたくない。ホテルへでも泊って、考えなければと思う。その決心がつくと、無残な肖像画を見たときの、不快さと怒りは、幾らか、柔らいで来た。

夫を憎む気持よりも、その小心さを、憐《あわれ》む気持の方が、強くなってきた。憎悪には、愛が裏返しにされて残っているが、憐憫《れんびん》には、愛の残滓《ざんし》があるだけである。麻里子の心から夫を憎む気持が薄れたのは、夫への愛が、死んでしまったせいかも知れなかった。

三年間続いた、愛の儀式は、終ったのである。夫を信じ、夫の全てを愛して来た自分の姿が、麻里子には、滑稽《こっけい》に思えてならなかった。自分は、馬鹿だったのだと思った。稚《おさ》なかったのだと思う。夫の、出鱈目《でたらめ》な性格を、見抜くことが、できなかったのだから。

しかし、それも、もう終った。

第四章

一

　ホテルの電話が鳴った。

　麻里子は、手を伸ばして、受話器を取り上げる。その耳に急《せ》き込んだ、夫の声が飛び込んで来た。

「一体、どうしたんだ?」

　と、夫がいう。

「どうも、しませんわ。あの家を出ただけですわ」

　麻里子の声は、冷静だった。

「だから、何故、家を出たのか、それを訊《き》いているんじゃないか?」

「貴方《あなた》が、信じられなくなったからですわ」

「まだ、あのことに拘《こだわ》っているのか?」

「まだ……?」

　麻里子は、電話器に向って、口を歪《ゆが》めた。

「簡単に、忘れられる問題じゃありませんわ。私って、そんなに器用には、できていないんです」

「そりゃあ、判っている。だから、もう一度話し合おうじゃないか。帰って来てくれ。お願いだ」

「駄目です」

「何故、駄目なんだ？」

「申しあげた筈《はず》です。貴方が、信じられなくなったからです」

「確かに、桑原ユミのことは、僕が悪い。しかし、あの女とは、もう二度と会わない積りだ。モデルにも使わん。だから、帰って来て呉《く》れないかね？」

「私が、申しあげているのは、あの女のことだけじゃありません。貴方の、あらゆることが、信じられなくなったんです」

「僕の全てが信じられないって、一体、どういうことなんだね？　僕の、君に対する愛情は、ちっとも変ってやしないよ。僕は、君を失いたくないんだ。どんなことをしても、君を失いたくない。僕には、君が必要なんだ。それを、判って欲しい」

「判りません」

「とにかく、そっちへ行くからね。会って、話し合おうじゃないか」

「いいえ」

麻里子は、冷たい調子でいった。

「お会いしたくありません。暫く、考えたいんです。いいえ、いらっしゃっても、お会いしませんから」

「まさか、君は、僕と別れたいなんて、いうんじゃないだろうね？」

夫の声が、また、高くなった。麻里子が黙っていると、更に急き込んだ調子で、

「どうなんだ？　まさか、考えてるんじゃないだろうね？」

「考えているかも知れませんわ」

「いいかい」

夫の声が、荒くなった。

「僕は、絶対に君を離しはしない。僕には君が必要なんだ。だから、君を誰の手にも渡しやしない。誰にも。もしもし。もしもし……」

麻里子は、返事をせずに、電話を切った。

夫の、駄々っ子のような言葉が、滑稽だった。あわてるがいいと思う。狼狽《ろうばい》するがいい、と思った。

それ程、私が必要なら、何故、桑原ユミのような女を、抱いたのか。

電話が、また鳴った。夫からに違いない。

麻里子は、ベッドに腰を下したまま、黙って鳴り続ける電話を眺めた。

白々しい顔になっていた。夫のいうことは判っている。

別れることはできない。考え直してくれ、というに決っている。そんな言葉をくり返されても、何になるだろう。

麻里子は、夫の愛を信じられなくなっているのだ。嫉妬は愛ではない。愛の変形ですらないだろう。

電話は、未練がましく、まだ、鳴り続けている。麻里子は、構わずに、外出の支度をして部屋を出た。

二

肌寒い日だった。

街は、すっかり、冬の粧《よそお》いに変ってしまっている。街路樹は葉を落し、路《みち》行く人々の服装も、冬の色になっていた。

麻里子は、何処へという当もなく、ホテルを出て、歩き始めた。途中で、井関を訪ねてみようと思ったが、今頃は、彼の泊っているTホテルへ、夫が、押しかけているに違いないと思って、考えを変えた。夫は、きっと、井関が、そそのかしたと、考えているに、違いないからである。

麻里子は、ぼんやりと、歩き続けた。考えなければと思いながら、考えることが、怖くもあり、億劫《おっくう》でもあった。井関に会ってから、考えればいいと、麻里子は、自分を納得させた。

麻里子は、軽い疲労を感じて、足を止めた。何時の間にか、小さな映画館の前に来ている。

麻里子は、時間潰《つぶ》しの積りで、題名も見ずに、切符を買って、中へ入った。ウイークデイの、それも、昼前という時間のせいか、観客の数は、まばらだった。麻里子は、うしろの、固い椅子に腰を下して、スクリーンに眼をやった。

三本立ての、最初の映画は、既に、始っていた。平凡な、メロドラマだった。「三倍泣けます」といったような惹句《じやつく》が、似合いそうな、女性映画である。ヒロインは、お定まりの、薄幸な美女で、結婚した夫には、女があったことを知る。ヒロインは、我儘《わがまま》で、横暴な夫の許《もと》から逃げ出して、幼馴染《おさななじ》みの青年のところへ、走ろうとするのだが、様々な障害があって、なかなか、思うようにいかない。ヒロインは、その度に、さめざめと、泣くのである。

筋も平凡だし、俳優の演技も、拙劣であった。いつもの麻里子だったら、欠伸《あくび》を、噛《か》み殺すのに、苦労した筈である。勿体《もつたい》ぶっただらだらした筋の運びに、腹を立て、途中で映画館を飛び出してしまっていたかも知れない。少なくとも、感動などは、絶対にしなかったろう。それが今、麻里子は、映画を観ながら、不覚にも、涙が溢《あふ》れてくるのを感じるのだ。麻里子は、狼狽し、あわてて、ハンカチで、眼を押さえたが、一度、溢れ出た涙は、容易に止まらなかった。

麻里子は、気弱くなっている自分を感じた。それが、映画の中の、薄幸のヒロインの姿に自分を当てはめて、感動する結果になったのだろう。涙もろくなっていたともいえる。麻里子は、俳優の演技の拙劣さも、ストーリイの曖昧《あいまい》さも、気にならなかった。

映画は、勿論《もちろん》、ハッピイエンドで、終った。悪人の夫は、天の配剤によって破滅し、ヒロインは、幼馴染みの青年と結ばれた。場内が明るくなると、麻里子はあわてて立ち上がり、通路の隅に設けられた化粧室に、飛び込んだ。泣いたあとを、人に見られるのが嫌だったから。

冷たい水で、顔を洗った。涙の洗われた顔を、鏡で見ると、泣き笑いの表情になっている。映画の中のヒロインも、同じような顔をしていたと思ったとき、妙に、暗い、やり切れない気持が、彼女を捉《とら》えた。映画の中では悪人側の夫が、ヒロインの妻を手放すまいとして、あらゆる手段を使う。あるときは、泣き落しに出、あるときは、殺してもお前を手放さないぞと、脅かす。人を使っての嫌がらせもする。映画の中では、やや滑稽《こっけい》なサディストに描かれていたが、麻里子は、それを、滑稽と感じなかった。自分の身に引き比べて胸を突かれたのである。

麻里子が、もし、離婚を決意したら、夫はこの映画のように、あらゆる妨害や、嫌がらせをするかも知れない。現に、電話で、「絶対に君を放さない」と、言って来たではないか。それも、恐らく、愛が残っているからではなく、世間体と、嫉妬《しっと》の為に、違いないのである。

暗い想像が、麻里子の気持を、井関に、一層走らせたようだった。彼女は、化粧室を出ると、館内の赤電話で、井関のいるTホテルを呼び出した。彼なら、今の彼女の気持を、判ってくれる筈だった。

井関は、すぐ、電話口に出た。が、その声には、暗いひびきがあった。

「今、田島君が、帰ったところです」

と、井関は、いった。

三

井関の声の暗さから、夫が、何のために、彼を訪れたか、すぐ想像できた。

「色々と、いわれましたよ」

と、井関が、重い声でいった。麻里子は、矢張り、と思う。

「田島君は、僕が、貴女《あなた》をそそのかしたと、思っているらしいんです」

「私は、自分の意志で、家を出たんです。主人に、そんなことをいう権利はありませんわ」

「しかし、田島君は、そうは思っていません。僕のせいだと思っている。そう思われても仕方がないかも知れませんが」

「そんなことが、あるものですか。主人は、卑劣です。自分のことを棚に上げて、私が家を出たのを、貴方《あなた》のせいにするなんて」

麻里子の声が、自然に高くなった。腹が立ってならない。夫のやることは、映画の中のサディスティックな主人公に、良く似ていると思った。

「田島君は、貴女のホテルへも、行ったと、いっていましたよ」

井関の電話の声が、続いた。

「そこで、貴女に会えなかったので、僕のところへ来たらしいのです。普段の彼からは、想像できない程、気色ばんでいました。貴女に会ったら、力ずくででも、家へ、連れて帰りたいと、いっていましたが」

「力ずくで……？」

麻里子は、口を歪《ゆが》めた。彼女の頭の中で、現実と、映画のシーンが交錯した。映画の中でも、ヒロインが、無理矢理、家へ連れ戻される場面があった。夫も、同じことを、しようというのか。

夫に対する嫌悪の情は、少しずつ濃くなっていくようだった。同時に、井関への、心の傾斜も、深くなっていくようだ。

「今、すぐ、貴方に、お会いしたいと思います」

と、麻里子はいった。

「僕も、勿論、会いたいと思います。会って色々と、相談したいことがあります。しかし……」

井関は、語尾を濁した。麻里子は、その曖昧な言葉使いに、あるものを感じた。

「誰か、そこに、いらっしゃるの？」

「いや、この部屋には、僕しかいませんが、ホテルを、誰かに、見張られているような気が、するんです」

「まさか、そんなことが……」

と、麻里子はいったが、いってしまってから、井関の危惧《きぐ》が、あながち、考え過ぎとばかりは、断定できないのを、感じた。伊豆へ、スケッチ旅行に、出掛けるといっておいて、彼女の後を尾《つ》けていた夫である。

「僕も、考え過ぎだとは、思っているんですが……」

井関は、暗い声で、続けた。

「ただ、この前のことがありますからね。それに、田島君は、僕と貴女の仲を、疑っています。恐らく、今日、僕が、貴女と会うにちがいないと考えていると思うのです。そして僕の後を尾ければ、貴女を、摑《つか》まえることができると考えて……」

「主人なら、やりかねませんわ」

麻里子は、小さな溜息《ためいき》を吐いた。確かに、夫なら、やりかねない。夫には、執念深いところがある。その欠点も、つい、一月前までは、一つのことに熱中する、芸術家らしい美点と、尊敬していたのだが。

「それで、今日は、会わない方が、いいと思うのですがね。変な誤解は、受けたくないのです。僕自身の為よりも、貴女の為に」

「明日は？」

「ええ明日なら」

「どこで、お会いしましょう？」

「僕は、都心を離れた場所の方が、いいと思いますが」

井関が、考えながらいった。麻里子にも、井関が、警戒する気持が判る。銀座や、新《しん》宿《じゅく》では、夫や、夫の知人に、見つかる恐れがあった。恐ろしくはないが、妙な誤解は、嫌だった。

「でも、何処で？」

麻里子が訊《き》く。井関は考えているらしく、すぐには、返事がなかった。

「井《い》の頭《かしら》公園では？」

井関の声が、受話器に戻って来た。その言葉で、麻里子は、結婚前、井関と、井の頭公園で、ボート遊びをしたことを、思い出した。

井関が、まだ、美大の学生だった頃である。

井関が、ボートをゆすり、麻里子が、悲鳴をあげて、ボートにしがみついたこともある。

甘ずっぱい追憶である。井関も、それを思い出したのかも知れない。

「結構ですわ」

と麻里子は、いった。

「それで、時間は？」

「バスの停留場で、十時。まずいですか？」

「いいえ。行かれます。井関さんも、間違いなく、来て下さいますわね？」

「勿論、行きますよ」

「じゃあ、明日の十時に」

電話が、切れてからも、麻里子は、暫《しばら》くの間、受話器を、耳に当てていた。それは人妻のポーズではなかった。青年と、デートの約束を交わした、少女の顔になっていた。

そこに居るのは、田島麻里子でなく、三年前の、諸石麻里子だった。

四

翌日、例によって、麻里子は、約束の時間より、三十分以上も早く、井の頭公園に着いてしまった。この癖は、永久に直りそうもなかった。勿論《もちろん》、井関の姿は、まだ見えない。

麻里子は、十メートル程離れたベンチに腰を下して、井関を待つことにした。柔らかい冬の陽ざしが、大木の梢《こずえ》ごしに射し込んでいて、ベンチの周囲に、明暗の縞《しま》模様を作っている。

気温は低かったが、風が無いためか、肌寒さは、感じられない。

バスは、七、八分間隔で、到着しては、走り去って行く。季節外れのせいか、公園で、バスを降りる人の姿は、殆《ほとん》どない。それでも、たまに、若い男女が、バスを降りて、公園の池の方に消えて行った。肩を寄せ合い、小声で話し合いながら歩いて行く姿が、如何《いか》にも幸福が溢《あふ》れている感じだった。麻里子は、そこに、三年前の自分の姿を見たような気がした。あの、幸福だった頃を、再び取り戻すことが、できるだろうか。

何台目かのバスが、着いた。二人の男女が降りて来るのが見える。しかし、アベックではなかった。女の方は、着物姿の老婆で、バスから降りると、車道を渡って、姿を消した。

男の方は、三十歳位。バスから降りて、周囲を見廻《みまわ》している。井関だろうか、と、瞳《ひとみ》を凝らした麻里子は、そこに思いもかけず、夫の姿を発見して、愕然《がくぜん》とした。あわてて、ハンドバッグで、顔を隠した。見つかっただろうか、と思うと、自然に息苦しくなってくる。

しかし、夫は、ベンチに腰を下している麻里子に、気付かぬ様子だった。立ち止ったまま、何やら小さな紙片を取り出して、眺めている。地図らしい。

夫は、地図から顔をあげ、何やら思案していたが、やがて吉祥寺《きちじょうじ》の方向に向って、歩きだした。

夫は、一体何処へ行く積りなのだろうか？

一体、何の用で、此処《ここ》へ来たのだろうか？

麻里子は、考えてみたが、判らなかった。桑原ユミに会うつもり、とも思えない。彼女のアパートは、確か、四谷《よつや》三丁目にあった筈《はず》だからである。方角が、正反対だった。

麻里子は、考えているうちに、急に、夫の後を尾けてみる気になった。夫も、彼女の後を尾けたのだ。その真似をして、悪い筈がない。井関との約束の時間までには、まだ、二十分近くあった。

　麻里子は、ベンチから立ち上って、夫の後を追った。

　夫の歩調は、ゆっくりしている。尾けられていることには、全く気付いていない様子だった。

　五分も、歩いただろうか。夫が、ふいに、足を止めた。麻里子は、あわてて、電柱の陰に、身体を隠した。

　夫は、立止ったまま、先刻の紙片を、もう一度、眺めている。夫の立っている場所は、小さな商店街のある所で、『D・P・E』の看板を出したカメラ屋や、果物店などが、数軒並んでいる。

　夫は、紙片をしまうと、今度は妙に落着かない眼付きで、周囲を眺め廻してから、せかせかと、商店街の一軒に入って行った。

　夫が入ったのは、『小久保《こくぼ》薬局』と、看板の出ている、小さな薬局である。

　そのまま、数分間、夫の姿は薬局の中に、消えたままだった。やがて、夫は顔を出したが、今度も、店の前で、警戒するように、周囲を見廻してから、店を離れた。手には、何も持っていなかったが、コートのポケットを上から手で押さえているところを見ると、そこに、この薬局で買った、「何か」が、入っているようだった。

　夫は、この薬局で、何を買ったのだろうか？　それに、何故、あんなに落着きを失った顔で、きょろきょろと、周囲を見廻したりしたのだろうか？　まるで、薬局に入るのを、誰かに見られては困るといった様子ではないか。麻里子が、そうした疑問に、捉《とら》えられている間に、夫は、通りかかったタクシーを止めて、乗ってしまった。

夫を乗せたタクシーが、走り去ると、麻里子は、電柱の陰から出て、夫の入った、小久保薬局を仔細《しさい》に眺めた。間口二間ばかりの小さい店である。店の中は、薄暗く、活気の乏しい店のようだ。

夫は、何の為に、この店に来たのだろうか？　先刻と同じ疑問が、麻里子を捉えた。まさか、風邪薬を買いに来たわけではあるまい。

風邪薬に限らない。市販されている薬なら家の近くの薬局で、いくらでも、入手できる筈である。

市販されている薬なら、此処まで来る必要はない。それを、裏返せば……と考えてきて、麻里子は、急に、背筋に冷たいものが、走るのを感じた。

（まさか……）

と、思い自分の頭に浮んだ、恐ろしい想像を、あわてて、押さえつけてみたが、一度、生れた考えは、なかなか、消えてくれなかった。否定しようとすれば、するほど、不安と、疑惑は、末広がりに、広がって行くのである。

麻里子は、蒼《あお》い顔で、『小久保薬局』と書かれた看板を睨《にら》んでいたが、やがて、意を決して、その店へ、入って行った。

五

店の構えに、彼女の暗い想像を、裏書きするような、不審な点は、見られなかった。ただ、普通の店に比べて、やや、薄暗いくらいのものである。

麻里子が、声を掛けると、奥から、白衣を着た、中年の男が、顔を覗《のぞ》かせた。不精髭《ひげ》を生やした顔が、薬局の主人というよりも、何となく、土建屋のような感じだった。白衣の袖《そで》の辺りも、よく見ると、薄汚れている。

「風邪薬ですか？」

と、薬局の主人が、訊いた。声だけは、顔付きとは逆に、優しかった。

「いいえ、風邪薬なら、いいのが、入っていますが」

「風邪薬じゃありません」

麻里子は、固い声でいった。

「今の人と、同じ薬が欲しいんです」

「今の人？」

薬局の主人は、眉《まゆ》を寄せて見せてから、いっていることが、判らないと、いうように、肩をすくめた。

「一体、何のことですか？」

「今、男の人が、薬を買いに来た筈です。その人が買った薬を、私も、頂きたいんです」

「妙なことを、おっしゃいますな」

「妙なのは、判っています。でも、同じ薬が必要なんです。あの人に売って、私に売れない筈が、ないでしょう？　それとも、私には売れないような薬なんですか？」

先刻から、彼女の心を捕えていた不安と、疑惑が、知らず知らずのうちに、彼女の言葉を、詰問口調にしていた。が、相手は、苦笑しただけだった。

「私には、貴女《あなた》のおっしゃることが、何のことか、さっぱり判らんのですが」

「私がいっているのは、今、この店へ、薬を買いに来た人と……」

「一寸《ちょっと》、待って下さいよ」

薬局の主人は、太った手を、前に拡げるようにして、麻里子の言葉を、さえぎった。

「貴女は、さかんに今来た人と、いってますがね。今日は、貴女が、最初のお客様なのですよ」

「そんな馬鹿な……」

「馬鹿なといわれても、事実だから、仕方がありません。とにかく、今日、最初に店へ来られたのは、貴女ですよ」

「そんな筈が、あるものですか」

麻里子は、声を高くした。

「今さっき、男の客が出て行ったじゃありませんか。痩《や》せて、頬骨の尖《とが》った、濃紺のレインコートを着た、男の人が……」

麻里子は、夫の人相や、服装を話して聞かせたが、薬局の主人の表情は、少しも変らなかった。

「そんな方は、知りませんよ。何かの間違いじゃありませんか？　隣の果実店へでも入ったのを、見違えたのと、違いますか？」

「いいえ、間違いなくこの店へ入ったんです。貴方《あなた》の他に、店員の方が、いらっしゃいます？」

「家内が二年前になくなったので、私一人でやっていますが、それが、どうかしたんですか？」

「それなら、貴方が、応対した筈です。私が来る、ほんの少し前に、男の客が、あった筈です」

「弱りましたね」

薬局の主人は、苦笑して見せた。

「今日は、貴女が、最初のお客様なんですよ。店の主人の私が、いうのですから、これ以上、確かなことは、ないと思いますが」

「貴方は、嘘を吐いています」

麻里子は、相手を睨んだ。声が自然に荒くなっている。夫が、この店に入るのを、この眼で、確かに見たのだ。あれは決して幻覚ではない。それなのに、薬局の主人は、何故、夫の来たことを、隠そうとするのか？

「私は、この眼で、男の人がこの店に入り、五、六分して、出て行くのを、見たんです」

「いくら、見たとおっしゃられても、男の客はなかったんですから、仕方がありませんね」

薬局の主人は、口元に微笑を浮べて、同じ言葉を、繰り返した。これ以上、問い詰めても、この男は、しゃあしゃあとして、同じ返事を繰り返すに、決っている。麻里子は、眼の前に、部厚い壁が、立ち塞《ふさ》がるのを感じた。

これ以上は、水掛論になってしまう。

麻里子が、黙ってしまうと、薬局の主人は、

「ところで、どんな薬が、お入用なんですか？」

と、不愛想にいった。用がないのなら、早く帰って貰《もら》いたいという顔付きになっている。

麻里子は、こみ上げてくる口惜《くや》しさを押さえて、その店を出た。怒りが、彼女の顔を、赭《あか》くしていた。夫の差し金に違いなかった。恐らく、金を与えて、何もしゃべるな、と、あの男に頼んだに違いない。夫と、薬局の主人は、ぐるなのだ。

この想像は、当然、夫の行為に暗い影のあることを、暗示させる。小久保薬局へ入る時、出る時に、きょろきょろと周囲を窺《うかが》っていた夫の態度が、それを証明している。

夫は、何か表沙汰《おもてざた》にできないようなものを買っていったに違いない。

（それは、一体何だろうか？）

六

麻里子が、バスの停留所に戻ると、井関はベンチに腰を下して、彼女を待っていた。

約束の時間には、五分ばかり遅れてしまっていた。

井関は、彼女を見ると、微笑して、ベンチから、立ち上った。

「貴女が、約束の時間に遅れるなんて、珍しいじゃありませんか」

井関は、嫌みにならない調子でいった。

「何か、あったんですか？　顔色が、蒼いですよ」

「ええ」

「一体、何があったんです？」

「歩きながら、話しますわ」

と、麻里子がいい、二人は公園の木立ちに向って、歩き出した。

幅二メートルほどの、散歩道を歩いていくと、眼の前に、池が広がって来る。水面は、冬の陽を浴びて、静まり返っていた。池の隅では、白鳥の親子が、物憂げに羽根を休めている。

初冬というよりも、初春の感じだったが、今の麻里子には、池の景色に見とれる心の余裕はなかった。

麻里子は、池に沿って歩きながら、薬局に入る夫を見たこと、薬局の主人が、頑強に、それを否定したことなどを、井関に話した。

「主人が、金をやって、口止めしたんです」

「買っては、ならないものを……？」

井関は、そこまでいって、急に、顔色を変えた。

「まさか……」

井関は、喘《あえ》ぐように、いった。その言葉で麻里子は、井関も自分と同じ結論を持ったことを知った。

「まさか、田島君が、そんなことを……」

「他に、考えようが、ありませんわ」

麻里子が断定するように、いう。

「主人は、あの店で、青酸加里か、砒素《ひそ》か、とにかく、毒薬を手に入れたに、違いありませんわ」

「しかし、何の為にです？」

「主人は、絶対に私を離さないと、いいました。愛しているからではなく、嫉妬《しっと》と、独占欲からです。主人は、私や、井関さんを、殺す積りかも知れません」

「だからといって、田島君が、まさか……」

「他に、考えようが、あるでしょうか？」

「しかし、青酸加里や、砒素のような劇薬は売ってはいけないことに、なっている筈《はず》ですよ」

「金の為に、法律を犯す商人が、いないとは限りませんわ」

麻里子は、小久保薬局の主人の、不精髭《ひげ》を生やした、抜け目のなさそうな顔を、思い出した。あの男なら、金の為に、毒薬も売りかねない。

「貴女の考えている通りとしたら、大変なことだ」

短い沈黙の後で、井関がいった。二人は、暗い眼を見合わせた。

麻里子は、怯《おび》えた表情になって、

「私は、もう、主人のところへは、帰りません」

と、いった。

「僕も、貴女を帰したくはない。そのくらいなら、僕が、貴女を、仙台へ連れていく」

井関は、強い眼で、麻里子を見詰めた。麻里子の心を、甘い戦慄《せんりつ》に似たものが、走った。井関の言葉は、愛情の告白だろうか。

一瞬、麻里子は、恐怖を忘れ、甘美な感傷の淵《ふち》に沈んだ。あの映画のように、私もハッピイエンドへの道を歩くのだ。

勇気を出せば、その道を進むことができるのだ。夫がたとえ、どんな邪魔をしても。

「私を、守って下さいますわね？」

「守りますとも」

「三年前のように、逃げたりは、なさいませんわね？」

「逃げはしません。今になって、僕は、あのときの弱さを、後悔しているのです。二度と後悔は、したくありませんよ」

麻里子は、井関の腕が、背中に廻《まわ》されるのを知った。その腕が、微《かす》かに、震えているようだった。

麻里子は、眼を閉じる。背中に廻された、井関の腕に、次第に、力が加ってくるのを感じながら、彼女は、何度も、自分にいい聞かせた。

（私は、ハッピイエンドへの道を、歩こうとしているのだ。この道は、決して破局への道なんかじゃない）

七

麻里子は、田島との離婚を、真剣に考えた。未練は、なかった。

「しかし、貴女《あなた》が、その気でも、田島君の方は、承知しないでしょう」

井関は、そういった。確かに、夫が、簡単に、離婚を承知するとは、思えなかった。

「承知しなくても構いません。私は、裁判に訴えても、田島とは、別れる積りです」

「裁判に……？」

井関は、麻里子の言葉の激しさに、押されたように、眼を大きくしたが、

「僕は、できれば、話し合いで、と思いますが」

　といった。麻里子も、勿論《もちろん》、裁判に訴えずに済めば、と思う。しかし、田島が、それで納得するだろうか。

「僕が、田島君と会って、納得いくまで、話してみます。納得のいくように話せば、彼も判ってくれると思うのです」

　井関は、それが駄目なら、その時、裁判に訴えるべきだ、といった。麻里子も、話し合いで済めば、それに越したことはない。井関に、頼むことにした。夫に、顔を合わせるのは嫌だった。

「僕が、田島君を納得させるまで、貴女は、彼と、顔を合わせない方が、いいかも知れませんね」

　と、井関はいった。

　麻里子は、井関の言葉に従って、待つことに決めた。

　一日が、経過した。井関から、「田島君がなかなか、納得してくれず、困っている」という電話が、あっただけだった。その声の調子から、話が、上手《うま》く進んでいない様子が、想像されて、麻里子は気が重くなった。

　夫が、素直に、彼女との離婚に、承知するとは思われなかったが、その危惧《きぐ》は、どうやら、当っていたようだと、思った。

　焦燥と、不安を感じて、落着いていられなくなった。夫は、井関を憎み、ひょっとして、彼を殺そうとするのではないだろうか。そんな不吉なことまで想像されるのである。麻里子には、夫が、小久保薬局という店で、毒薬を、入手したのではないか、という疑念がある。憎悪にかられて、夫が井関の毒殺を考えるかも知れない。絶対に、そんなことは、あり得ないという保証は、何処にも、ないのだから。

その夜、麻里子は、不吉な夢に、何度もうなされた。夫が、にやにや笑いながら、井関に酒をすすめている夢である。酒の注がれたコップが、青白く光っている。傍で見ている麻里子は、その青白い光が、青酸加里に違いないと思う。夫は、井関を殺す気なのだ。

麻里子は、飲ませてはいけないと思い、止めようとするのだが、手足が硬直したように動かず、声も出ない。その間にも、井関は、平気でコップを口に持って行く。それをじっと見守っている夫の冷酷な顔……

麻里子は、声にならない自分の悲鳴で、眼を覚ました。びっしょりと、寝汗をかいている。手を伸ばして、枕許《まくらもと》の灯《あかり》を点《つ》けた。午前二時である。麻里子の胸は、まだ早い鼓動を打っている。

麻里子は、起き上がると、受話器をとりあげて、井関の泊っているTホテルを、呼び出した。

電話口に、井関が出ると、麻里子は、ほっとした。

「何が、あったんです?」

うだった。

井関の声は、狼狽《ろうばい》していた。夜中に電話したので、何か事件でも起きたと、思ったようだった。

「田島君が、押しかけて来たんですか？」

「そうじゃありませんけど、一寸《ちょっと》、貴方《あなた》のことが、心配になって」

麻里子は、夢のことを、話した。井関は、電話のむこうで、笑い出した。

「僕のことなら、心配いりませんよ」

と、井関は、明るい声になっていった。

「田島君の気持を、なるべく傷つけないように、話をすすめて行きますから。彼だって、きっと、判って呉《く》れますよ」

「でも……」

「貴女は、何も心配しないで、待っていて下さい。それよりも驚きましたよ。夜中の二時に、電話が、掛って来たんだから」

「ごめんなさい」

「いや、いいんです。実をいうと、僕も、丁度、眼が覚めたところだったんです。そして貴女の声を、聞きたいと思っていたんです。

貴女が電話してこなかったら、僕の方からかけていたでしょう」

井関の言葉は、いつの間にか、恋人のそれになっていた。その声に、優しい愛情を感じて、麻里子は、受話器を持ったまま、眼を閉じていた。

「これで、安心して寝られますよ」

と井関がいった。

「明日、もう一度、田島君に、会うつもりです。上手くいくと思いますよ」

「気をつけてね」

「大丈夫ですよ。僕には、貴女がいるんだから」

微笑しているのが、はっきりと判る声の調子だった。

八

麻里子は、ホテルを引き払って、郊外の旅館に泊るようにしていたのだが、それでもどうかぎつけたのか、翌日の午後、週刊誌の記者が、面会を求めて来た。強引に、部屋に入りこんで来て、

「三角関係とか、四角関係とか聞きましたが、真相はどうなんです?」

と、不遠慮な、訊《き》き方をした。若いのか、年寄りなのか判らない感じの男で、麻里子が黙っていると、カメラを取り出して、いきなり、フラッシュを焚《た》いた。

「止めて下さい」

麻里子は、あわてて手で顔を隠した。狼狽と、怒りが、同時にこみあげて、相手を睨《にら》みつけたが、男は、平気な顔で、

「例の、桑原ユミは、ご主人から、手切金を百万ばかり、せしめたようですよ。ご存知

ですか？」

「存知ません。それよりお帰りになって下さい。お話することは、何もありませんから」

「そう、邪魔にしなくてもいいでしょうが。ご主人とは、別れるお積りですか？」

「そんなことを、何故、貴方に話さなければならないんです？　とにかく帰って下さい」

麻里子は、声を荒くした。男は、にやにや笑いながら、それでもやっと腰をあげた。

どうせ、あること、ないこと、興味本位に書きあげるに決っていた。夫と別れ、井関と結ばれることにでもなれば、どんなことを書かれるか判らない。怖くはないが、気が重かった。そっとしておいて貰《もら》いたかった。

「早く帰って下さい」

麻里子が、同じ言葉を繰り返したとき、電話が鳴った。

受話器を取り上げる。途端に井関の弾んだ声が、飛び込んで来た。

「田島君が、やっと納得してくれましたよ」

と、井関がいった。

「本当に？」

麻里子は、きき返してから、部屋にまだ、週刊誌の記者が、残っていたことに気づいて、あわてて声を押さえた。

男は、そんな麻里子の様子を、笑いながら眺めていたが、彼女が睨みつけると、馬鹿丁寧なお辞儀をして、部屋を出て行った。感度の良い電話だから、井関の声が聞えたかも知れない。しかし、もう構わないと思った。夫が、別れることに同意したら、あとは、井関の懐に、飛びこんでいけばいいのだ。

彼さえいれば、どんなゴシップを書かれても、怖くはない。

「本当に、主人は、承知したんですのね？」

「してくれましたよ。どうしても、貴女《あなた》が、戻らないと、判ったからでしょうね。貴女のことは、諦《あきら》めるといってくれました。僕が貴女を奪った形になったことも、了解してくれましたよ」

「本当なんですのね？」

「本当ですよ」

井関が、電話の向うで、小さな笑い声を立てた。

「何故、僕の話を信用しないんです？」

「あんまり、話がうますぎますもの……」

「田島君だって、良識を備えた大人ですよ。僕は、最初から、素直に話し合えば、田島君も判ってくれる筈《はず》だと、信じていました。だから、上手く了解がとれても、それ程、意外とは、思っていませんよ」

「主人は、何の条件もつけずに、別れることに、同意したんですの？」

「ええ。ただ……」

「ただ、何ですの？」

「このままでは、後に妙なしこりを残すことになる。一度、三人で会って、笑顔で乾杯でもして、別れることにしようじゃないか、ということになったんです。僕も、異存はないので、賛成しておきました」

「主人が、そういったんですのね？」

「ええ、田島君にしたら、辛《つら》かったと思います。それなのに、笑顔で別れることにしようというんだから、彼も立派ですよ。見直しましたよ」

「それで、いつ三人で会うんですの？」

「明日の午後、田島君の家でということです。

貴女も、辛いでしょうが、出て下さい。その方が、お互いにすっきりすると思うんです」

「…………」

「出てくれますね？」

「ええ」

「じゃあ、明日、迎えに寄ります」

それで、電話は切れた。受話器を置くと、麻里子は、考えこんだ。本当に、夫は離婚を承知したのだろうかという疑問が、彼女を捕えていた。井関は、田島が納得してくれたと手放しで喜んでいる。それが本当なら、麻里子も嬉《うれ》しい。しかし、心の何処かに手放しで喜べない、何かがあった。麻里子は、我儘《わがまま》で執念深い夫の性格を知っている。その夫が、あっさりと、別れることに同意したとは、どうしても、信じられないのだ。それも、井関との間を認めた上でである。夫の心にあった独占欲と、嫉妬《しっと》心は、突然、消えてしまったとでも、いうのだろうか。

裁判の上で、夫が、渋々承知したというのなら、話は判る。しかし、話し合いで、納得したというのは、判らない。

信じたいと思う一方で、引っ掛るものが残るのである。

井関は、夫に欺《だま》されているのではないか、と、麻里子は、ふと思った。夫は、井関の話を聞いて、彼女が、自分の手に戻る意志のないことを、知った筈である。裁判に持ち込んでも、桑原ユミのことがある限り、離婚を認めざるを得ないことも、夫は、知っていた筈である。井関は、だから、夫が納得したのだろうといったが、麻里子は、そう好意的に解釈はできなかった。夫はエゴイストだ。

そんなに、甘い人間でもない筈だ。

麻里子の脳裏を、ふと、暗い想像が通り過ぎた。夫は、明日、三人で会おうと、提案したという。しこりをとって、笑顔で別れたい為だという。この誘いは、罠《わな》ではあるまいか。

夫は、麻里子を奪った（恰好《かっこう》の）井関を、憎んでいるに違いない。離婚に同意したと見せかけて、井関と麻里子を呼びつけ、二人を殺すつもりかも知れぬ。恐ろしい想像だが、考えられないことではない。夫が、突然、物判りのいい、聖人君子になったと考えるよりも、この方が、自然のような気さえした。麻里子は、小久保薬局に入っていく夫の姿を思い出す。夫は、毒薬を、手に入れているかも知れないのだ。明日、それを、使う積りではないのか。

麻里子の疑惑と不安は、限りなく、広がって行く。疑惑や不安には、際限というものがない。それは、一度転がり出すと、果しなく巨大になっていく、雪だるまに似ていた。

しかし、麻里子は、明日、夫に会うのを止めたい、とは思わなかった。逃げたと思われるのは、嫌だったし、どうせ、一度は、面と向って、決着をつけなければならないのである。それなら、早い方が良かった。ただ、用心の上にも、用心すべきだと、自分にいいきかせた。

(どんなことがあっても、ハッピイエンドに終らせるのだ。私が、今、歩こうとしているのは、絶対に、破局への道なんかじゃないのだ)

九

その夜、ある所で……

部屋の灯《あかり》は、消えていた。

蒼白《あおじろ》い月の光が、硝子《ガラス》越しに、部屋に射しこんでいる。部屋の隅で、ストーブが、赤い炎を見せていた。

ベッドの上では、若い男と女が、絡み合っていた。男も女も、裸だった。女は、丸い、豊かな乳房を、男の胸に押しつけた。男の指が、その乳房を掴《つか》む。女は、低い、小さな嬌声《きょうせい》をあげた。そのまま、女の白い裸身は、男に、おおいかぶさって行った。

暫《しばら》くして、激しい愛撫《あいぶ》が終り、物憂い沈黙が生れたとき、女が、小さく笑いながら、男にいった。

「まだ、奥さんに、未練が、あるんじゃないの？」

「馬鹿な……」

男がいった。が、その顔には、微《かす》かな苦渋の色が見えた。

男は、女の身体を、突き放すと、憑《つ》かれたような眼で、暗い天井を眺めた。

(明日になれば……)

と、男は、思った。

(明日になれば、全てが、終るのだ)

十

三人は、テーブルの周囲に、思い思いの表情で、腰を下していた。部屋の隅では、ストーブが、燃えていた。

井関は、微笑を、浮べていた。

田島も、微笑していたが、その表情には、無理に作ったような、ぎこちなさがあった。

麻里子も、やや蒼ざめた、緊張した顔で、黙っていた。

これから、何かが、始まろうとしていた。

三人の前には、グラスが置かれ、琥珀《こはく》色の酒が、注がれてあった。

「とにかく……」

と、田島が、いった。

「まず、お互いの為に、乾杯しようじゃないか」

その声に、引きずられるように、井関と、麻里子も、グラスを持ち上げた。

「乾杯」

田島が言った。

三つのグラスが、触れ合って微かな音を立てた。そして、口に運ばれて行く。

やがて、女が、咽喉《のど》をかきむしるようにして、椅子から、転げ落ちた。続いて、男の一人が、低い呻《うめ》き声をあげながら、床に倒れた。

一瞬の出来事だった。

残った男は、グラスを持ったまま、倒れて動こうとしない、二人の身体を見下した。

二人は、既に、こときれていた。

彼は、部屋の隅まで歩いて行って、受話器を取り上げた。その額に、脂汗が浮び、顔は蒼ざめていた。

「警察ですか?」

と、彼はいった。

「すぐ来て下さい。二人の人間が、死んだんです。場所は……」

第五章

一

一一〇番に、電話が入ってから、指令を受けたパトロール・カーが、中目黒《なかめぐろ》の田島邸に到着するまでに、十五分掛っている。後になって、この十五分という時間が、或《あ》る意味を持っていたことが、判ったが、この時には、誰も、それに、気付いては、いなかった。

パトカーで、最初に到着したのは、二人の若い警官だった。彼等は、半信半疑の表情で上りこんだが、そこに、二つの死体を発見すると、あわてて、警視庁に通報した。

更に、十分後、矢部《やべ》という、捜査一課の警部補が、鑑識と一緒に、乗り込んで来た。

矢部警部補は、四十歳になったばかりの、痩《や》せた男である。口が大きいことから、「ガマ口」というあだ名がついていたが、それ以外は、目立ったところのない、平凡な男である。

矢部は、居間に入ると、冷静な表情で、男女の死体を眺めた。毒死であることは、外傷のないことで、すぐ判った。それも、どうやら、青酸死らしい。

矢部は、死体から、部屋の隅に立ちつくしている男に、視線を移した。

「電話を、掛けて来られたのは、貴方《あなた》ですね？」

「そうです」

「お名前は？」

「井関です。井関一彦……」

「事情を、話して頂けるでしょうね？」

「勿論《もちろん》です」

矢部は、相手に、椅子に坐《すわ》るように、いってから、

「じゃあ、話して頂きましょうか」

「そこに倒れているのは……」

井関は、一寸《ちょっと》、唾《つば》を呑《の》み込んでから、言葉を、続けた。

「田島幸平という画家と、妻の麻里子さんです」

井関は、暗い眼で、既に死体となってしまった二人を眺めやった。

「そして、僕は、両方の友人だったのです」

「それで？」

矢部は、先を促した。井関は、小さな吐息を洩《も》らした。その顔が蒼かった。

「三年前、田島君と、麻里子さんは、愛し合って、結婚しました。ところが、最近になって、田島君は、ある女と関係を持ってしまったのです。それを知って、麻里子さんは、自分が、裏切られたと思ったのです。

彼女は、どうしたらいいか判らなくなって、僕に、相談を持ちかけて来ました」

「………」

「僕は、勿論、和解をすすめました。ところが、彼女に接しているうちに、僕は、自分が彼女を愛していることに気付いたのです。夫に裏切られたと感じていた彼女も、僕の気持に応《こた》えてくれました。夫と別れて、僕の懐に、飛び込んで来てくれると、いうのです」

「新しい三角関係が、発生したわけですね」

矢部は、散文的な、いい方をした。

「まあ、そうです。ただ、僕としては、友人である田島君から、麻里子さんを奪った恰《かっ》好《こう》になるのが、心苦しかったので、田島君に全てを話して、納得して貰《もら》いたいと、思ったのです」

「それで、納得したのですか？」

「田島君は、判ったと、いってくれました。その上、後にしこりを残すのは嫌だから、三人で乾杯して、笑顔で別れることにしようじゃないかと、いうのです。僕と、麻里子さんにも、異存はありませんでした」

「それで、乾杯したわけですか？」

「その通りです。しかし、僕は、グラスを口に持って行ったとき、何か苦い味がしたので途中で、止めてしまったのです。田島君と、麻里子さんは、そのまま飲んで、急に倒れてしまったのです」

矢部は、テーブルに視線を移した。成程、三つのグラスの中、一つだけは、酒が、満たされたままになっている。

「すると、こういうことになりますね」

矢部は、視線を、井関に戻していった。

「田島さんは、口では、奥さんとの離婚に、同意したが、内心では、それに堪えられなかった。奥さんを、誰の手にも、渡したくなかった。だから、三角関係を、死によって、清算しようとした……」

「そうとしか、考えられないのですが」

「とすると、一種の無理心中と、考えられますね？」

矢部は、井関の顔を見た。

「そうもいえるかも、知れません」

と、井関は、暗い顔で、頷《うなず》いた。

「僕も、その心中に、巻き込まれるところだったわけです」

「無理心中ね」

矢部は、ひとり言の調子でいって、もう一度、死体に眼をやった。

「しかし……」

と、矢部は、井関を振り返った。

「もう一つの見方が、可能なことも、貴方は感じていらっしゃるでしょうね？」

「何のことでしょうか？」

「簡単なことです。殺人です」

「殺人？」

「ええ。我々は、あらゆる場合を、考えなければ、ならないのです。因果な仕事でしてね」

矢部は、特徴のある、大きな口元に、苦笑を浮べて見せた。

「しかし、殺人ということは、つまり……」

井関は、狼狽《ろうばい》した表情になった。

「つまり、貴方は、僕が、二人を殺したと考えていらっしゃるんですか？」

「いや、私は、断定しているわけじゃありません。あくまで、可能性を申し上げているのです。そして、可能性がある限り、調べなければなりません。それに、貴方にも、ご自分の微妙な立場が、お判りになっていると思います。田島夫妻は、死んでしまっているのです。あの二人は、貴方の為に、弁護してくれない。従って、貴方を調べるより仕方がないのです」

「判りました」

井関は、頷いて見せた。

「自分が、疑われても仕方のない立場にいるのは、判ります。しかし、僕は、殺したりはしませんよ」

「勿論、そうだとは思いますが、念の為に、調べさせて、頂くだけです」

矢部は、若い刑事を呼んで、井関を、連れて行くようにいった。井関は、大人しく、部屋を出て行った。

矢部は、死体を調べている警察医のところへ足を運んだ。

「正確な死亡時刻が、判りますか？」

矢部は、警察医の手許《てもと》を覗《のぞ》き込んで、訊《き》いた。

「必要なのかね？」

と、初老の警察医が、訊き返した。

「必要になるかも知れません。殺人《ころし》事件の可能性もありますからね」

矢部が、余り自信のない調子でいった。警察医は「ほう」と、眼を大きくしてから、

「殺人《ころし》事件とすると、井関とかいう、あの男が、犯人というわけかね？」

「そうです」

「しかしだね。それが殺人《ころし》事件とすると、犯人は、随分、間の抜けた人間ということにならないかね？　三角関係で、動機は充分。それに、アリバイは、全くない。おまけに、自分で、警察に電話を掛けている。自分の首を絞めるようなことばかりしているわけだ。最近のように、推理小説ブームで、完全犯罪とか、アリバイが、どうかといわれるときに、随分、間の抜けた時代遅れの殺人ということに、なりはしないかね？」

「そうでしょうか？」

　矢部は、難しい顔になって、二つの死体を眺めた。死体の硬直が、既に始っている。青酸死特有の、鮮紅色の死斑《しはん》も、見えていた。

「私は、全然、反対のことを、考えたんですがね。これが、殺人事件《ころし》としたら、犯人は、あの井関という男になりますが、間が抜けているどころか、恐ろしく、頭のいい人間のような気がするんです。アリバイも無視しているし、動機も隠そうとしない。おまけに、警察へ電話を掛けて来ている。その八方破れの中に、強い自信のようなものを感じるんですよ。考えてみれば、殺人の動機なんかは、いくら巧妙に隠した積りでも、調べていくうちに判ってしまうものだし、どんなに精巧なアリバイでも、人間が作ったものである以上、崩せないことは、絶対にあり得ないわけでしょう。それに、こうした、カードの城で守られた犯人というのは、城壁が崩れると、簡単に、参ってしまうものです。そこへ行くとですね……」

「判ったよ」

　警察医は、やれやれというように、苦笑して見せた。

「君の、八方破れ礼讃《らいさん》説は、後ほど、ゆっくり拝聴するとして、死亡時刻だが……」

「判りますか？」

「大体のところなら、解剖しなくても判るよ。死後、三十分位しか、経過していないね」

「三十分ですか？」

「何か、意味が、あるのかね？」

「もし、井関が、この二人を殺したのなら、何か、細工をしてから、警察に電話したと思ったからです。しかし、死後、三十分位しか経過してないとすると、二人が、倒れたのを見て、すぐ、警察に電話したことになります。心中説に、有利な証拠ということになりますよ」

「しかし、電話してから、パトカーが、来るまでに、十五分、掛っている。つまり、十五分は、細工する時間が、あったわけだろう？」

「ええ」

矢部は、頷いた。

「しかし、十五分で、一体、何ができるでしょうか？」

「そんなことを、私に聞いても、答は出ないよ。私は、のろまで、有名なんだから」

警察医は、にやにや笑って見せた。その表情は、この事件を、殺人事件《ころし》ではなく、井関一彦が証言したように、無理心中事件と、考えているように見えた。

矢部は、黙って、周囲を見廻《みまわ》した。が、どちらかに判定できるような材料は、見つからなかった。

二

警察に連行された井関は、顔色こそ、蒼《あお》ざめていたが、かなり冷静のように見えた。

自分は、無罪であること、この事件は、殺人事件ではなく、三角関係のもつれが生んだ、無理心中であることを、繰り返したが、その語調に、ヒステリックなところは、感じられなかった。

しかし、警察としては、それだけでは、井関を釈放は、できない。井関を留置する一方、殺人事件《ころし》の疑いがあるとして、刑事が、捜査を開始した。

矢部は、今度の事件の発端だと、井関が主張する、桑原ユミに、会ってみることにした。

モデルクラブで、彼女に会った矢部は、最初に、そのボリュームに感心したが、その感動は、勿論《もちろん》、単調なものだった。セーターの胸の辺りが、見事な盛り上がりを見せているのは、確かに、素晴らしい眺めだが、甘えるような話し方には、辟易《へきえき》した。事によると、近頃はやりの、ハーフタレントの舌足らずのしゃべり方を真似ている積りなのかも知れない。

桑原ユミは、矢部の質問に対して、あっさりと、田島幸平との関係を認めた。

「自然に、ああいうことに、なっちゃったのね」

彼女は、無責任なことを、いった。

「彼は、今売れてる画家だし、気まえもいいのよ。あたし、有名人にヨワインだ！」

矢部は、苦笑した。

「しかし、君のことで、田島幸平と、奥さんの間に、ごたごたが起きたことは、知っていたんだろう？」

「まあね。でも、あれは、奥さんの方が、どうかしてると思ったわ。二、三回、旦那《だんな》さんが、他の女と寝たからって、きゃあきゃあ騒ぎ立てるからいけないのよ。だから、旦那さんの方も、頭に来ちゃって、あんなことになったんじゃないの？」

「君のように、博愛主義じゃない女性もいるさ。ところで、君は、今度の事件を、田島幸平が、無理心中を図ったと思っているわけだね？」

「他に、考えようがあるかしら？　あたしの知ってる範囲じゃ、あの奥さんは、田島さんと別れて、井関とかいう人と一緒になりたがっていた筈《はず》だし、田島さんは、嫉妬《しっと》深くて独占欲が強い方だから、簡単に、奥さんを、放しゃしない。とすれば、ああなるのが、当り前だったかも知れないわ」

かつて、一度は、関係のあった男の死を、悲しむ表情ではなかった。完全な、野次馬の眼付きである。矢部は、ふと、この女の精神構造は、一体、どうなっているのだろうかと思った。情緒の歯車が、欠けているのかも知れない。

「田島幸平は、そんなに、嫉妬深い男だったのかね？」

矢部は、桑原ユミの解剖は、途中で諦《あきら》めて質問を続けた。

「芸術家が、物判りがいいなんて嘘ね」

桑原ユミは、相変らず不遠慮な、いい方をした。

「我儘《わがまま》で、独占欲が強くて、その癖、嫉妬深いのよ。田島さんは、特別、それが、ひどかったわ。百姓の倅《せがれ》だったそうだから、当り前かも知れないけれど」

「百姓の倅？」

と、訊き返してから、矢部は、死んだ田島青年が、殆《ほと》ど独学の形で、絵を習い、名声をあげた人間だったことを思い出した。或《あるい》はそうした過去が、今度の事件に、影響を与えているかも知れない。

桑原ユミの話を聞いていると、死んだ田島幸平は、男として、最低に思えてくるし、無理心中をしても、訝《いぶか》しくない人間に思えてくる。

しかし、田島幸平は、果して、そんな人間だったのだろうか。その答を求めて、矢部は田島の属していた、「新紀会」の会員に、会ってみることにした。

三

門外漢の矢部は「新紀会」が、どんな団体であるか、詳しくは知らなかった。画壇というものは、一寸《ちょっと》、解説書を読んだくらいでは、見当もつかぬ程、複雑怪奇だとも、矢部は、聞かされている。従って、「新紀会」に関する彼の知識は、箇条書にすれば、五、六行で終ってしまう程、頼りないものだったが、その僅《わず》かの知識の中にも、「複雑怪奇」さは窺《うかが》い知ることができた。

例えば、「新紀会」の設立趣旨である。新紀会は、昭和十年、「封建的、且つ、独断的なN展に対抗し、画壇に新しいエコールを起こすこと」を目的として発足している。それなのに、規約を読むと、会員が、N展に出品することは自由になっているし、会長である吉川三郎《よしかわさぶろう》は、N展の審査員を兼ねている。

しかし、そうした画壇の複雑さには、目下のところ、矢部は、興味がなかった。彼が関心があるのは、田島幸平という人間である。

矢部は、四谷にある「新紀会」の事務所を、訪ねた。会長の吉川三郎は、留守ということで、若い画家が、二人、応対に出た。

二人とも、事件のことを、新聞で知っていた。

「ああいうことは、予期されていましたか？」

と、矢部は、二人の顔を見た。二人は顔を見合わせた。

「ここ一週間ばかり、田島君には、会っていなかったので、はっきり、予期したとはいえません。しかし、奥さんとの間が、上手《うま》くいっていなかったことは、知っていました。それに……」

「それに？」

「田島君は、絵の方でも、一つの壁に、突き当っていたと思うのです。非常に独創的な才能のある画家でしたが、基礎が無いということで、絵に、出来、不出来が多かったわけです。それに、マンネリズムに、落ち込んだときに、技術で、それをカバーすることが難しかった。そんなこともあって、田島君は、精神的に参っていたんだと思います」

だから、無理心中も、しかねない状態だったというのか。矢部は、ふと、何か白々しいものが、事務所に、ただよっているのを感じた。会員の一人が死んだことについて、落胆とか、悲しみといったものが、事務所にも、矢部を迎えた二人の画家の態度からも、感じられないのである。今の画家の言葉にしても、警察に協力的といえば、それまでだが、何か死者に鞭打《むちう》つような冷たさを、矢部は感じた。矢部にしてみれば、死ぬ前の田島幸平が、私生活の面でだけでなく、絵の方でも行き詰まりを感じていたことを知ったことは、収穫だったが、「基礎が無いので」といった表現に、矢部は、冷たさを感じるのである。

芸術家に特有のフランクさなのか。矢部には、そうは思えなかった。

「基礎が無い」という言葉に、田島幸平に対する、他の会員の反撥《はんぱつ》のようなものを、矢部は感じた。恐らく、「新紀会」は、ややアカデミックな性格からみて、会員の大半が、美大出身者によって、固められているに違いない。その中で、百姓出身で、正規の勉学を受けていない田島幸平が、特異な存在であったことは考えられる。それだけに、田島に対する風当りは、かなり強かったのではあるまいか。

しかし、矢部は、その疑問を、表情には出さなかった。新紀会内部の空気は、矢部の関知したことではない。

「昔、会員だった、井関一彦のことも、ご存知ですね？」

矢部は、質問を変えた。

「どんな性格か、簡単に説明してくれませんか？」

「画家としてですか？　それとも人間としてのことですか？」

「どちらでも」

「丁寧な絵を描く人でした。神経も細かったと思います。ただ、絵が、余りにも常識的で飛躍というものがない。それで、マンネリズムになり、絵を棄ててしまったのだと思うのです。旅館業の方が、上手くいっていたようだから、絵を止めて、良かったんじゃありませんか。今度の事件では、詰らないことに巻き込まれたようですが」

「井関一彦と、死んだ田島幸平とは、仲が良かったようですね？」

「ええ。性格は反対みたいに見えましたが、それがかえって、仲の良い理由だったかも知れません。一寸、井関君が、田島君の才能を高く買い被《かぶ》りすぎているようなところがありましたが」

　矢部は、またかと思う。一寸した言葉にも田島幸平が、新紀会で置かれていた妙な立場が感じられる。

　矢部は、それ以上の質問を止めて、新紀会の事務所を出た。多少の偏見は、感じられたが、それでも、新紀会の会員の言葉は、桑原ユミの言葉を裏書きしてくれた、ということができる。

（田島幸平は、矢張り、無理心中するような人間だったのだろうか）

四

警視庁に戻った矢部を待っていたのは、田島麻里子の泊っていた旅館で、彼女の日記が発見されたという報告だった。

皮表紙の日記帳に、繊細な字で、書きつづられた日記を、矢部は、二度、読み返した。

「どうですか」

と、日記の発見者である、ベテランの滝見《たきみ》刑事が、いった。

「その日記は、完全に、井関一彦の証言を、裏書きしていると思うのですが」

「その通りだね」

矢部は、日記を机に置いて、充血した眼を上げた。

「確かに、この日記は、井関一彦の証言を、裏書きしている。この日記の通りなら、田島幸平が、細君と井関の間を嫉妬し、離婚を承知したふりをして、無理心中を図ったことになる」

「私は、この日記の記述が正確なような気がするのですが」

と、滝見刑事が、いった。尖《とが》った顔が、ストーブの火照りを受けて、赭《あか》く輝いて見える。

「離婚する気でいたようですから、多少の誇張は、あるかも知れませんが」

「問題は、どの程度の誇張かということだな。事件に、影響する程なら、調べてみなければならないからね。ところで、この日記にある、小久保薬局には、誰か行ってるのかね？」

「いえ、これから、私が行く積りだったんですが」

「よし、僕も行こう。もし、この薬局で、田島麻里子が想像したように、毒薬が、田島幸平に売られたのなら、井関のシロが、確定的になる」

矢部は、椅子から、立ち上がった。

井の頭公園の近くにある小久保薬局は、すぐ判った。日記に書かれているように、薄暗い、小さな店である。案内を乞《こ》うと、中年の男が、顔を見せた。矢部は、日記に、「薬局の主人というよりも、土建屋のような」と書いてあったのを思い出した。そんな感じが、しないでもない男である。

矢部は、最初から、警察手帳を相手に示した。その瞬間、相手の顔に、軽い狼狽《ろうばい》の色が浮んだのを、矢部は見逃がさなかった。

「四日前、この女が訪ねて来たのを憶《おぼ》えていますね？」

矢部は、田島麻里子の写真を見せて、訊《き》いた。

薬局の主人は、どう答えようかと、迷った様子で、口を歪《ゆが》めていたが、不承不承のように、頷《うなず》いて見せた。

「その日に、この男も来た筈《はず》ですが」

矢部は、今度は田島幸平の写真を示した。

相手は、首を横に振った。

「いえ、見えませんよ。あの時は、その女の人に、妙なことをいわれて、本当に弱ってしまったんです。来もしない人間のことを、来たでしょう、来た筈だと、いうんですから」

「本当ですか？」

「本当ですとも。あの日は、お客がその女の人一人しかなかったんですから。間違いありませんよ」

矢部は、にやっと笑った。相手は、明らかに、嘘を吐いていると、感じたからである。それに、警察手帳を見たときの、あの狼狽ぶりが、この男の後暗さを、何よりも、はっきり示しているではないか。

「我々まで、欺《だま》す積りかね？」

矢部は、語調を変えて、相手を睨《にら》んだ。

「調べれば判ることだよ。どうだね？　あくまで、この男を見た憶えがないというのなら調べるまでだが、その為に、あんたには、警察まで、来て貰《もら》わなきゃならん」

「………」

「どうだね？　この男は、来たんだろう？」

「ええ。来ました」

薬局の主人は小さい声で、頷いた。

「何故、女の人に訊かれたときに、来なかったと、嘘を吐いたんだね？」

「それは、男の方から、誰にも来たことをいわないでくれと、頼まれたからです」

「それで、この男は、何を買ったんだね？　まさか、風邪薬を買ったくらいで、口止めはしないだろう」

「それが……」

相手の顔が、また歪んだ。

「どうも、申しわけありません」

ふいに、薬局の主人は、ぺこりと、頭を下げた。

「私は、売ってはいけないものを、売ってしまったんです」

「何を売ったんだね？」

「それが……」

「青酸加里を、売ったんじゃないのかね？」

「どうして、それを？」

「そのために、二人の人間が死んだんだよ。何故、青酸加里なんかを、売ったんだね？」

「それはです。つまり……」

「金の為かね？」

「いいえ、金の為なんかじゃありません。いくら何でも、金の為に、そんな危険な物を、売りはしません。絵を描くのに、どうしても、青酸が必要だと、おっしゃるので、お売りしたんです。私は、絵のことは、判りませんが、田島さんの顔は、写真で知っていましたし、有名な絵描きさんが、嘘を吐く筈がないと思って、手持ちの青酸加里を、お売りしたんです」

「絵を描くのに、青酸が必要というのは、どういうことかね？」

「何でも、絵具に、青酸を混ぜると、描いた絵に、光沢が出るんだそうです」

「あんたは、その言葉を、信じたわけだね？」

「ええ、なにしろ、有名な絵描きさんのおっしゃることですし、それに、ちゃんと署名までして下さいましたから」

「署名？　何だね？　それは」

「念の為に、劇薬を売ったことを証明する帳簿に、署名して貰ったのです。悪用されたとき、私の責任になるのは嫌ですから」

「その署名を見せて欲しいが」

「いいですとも」

薬局の主人は、一度、奥に消えると、固い黒表紙の帳簿を持って来た。大学ノートくらいの大きさで、表紙には、黒地に白インクで、「劇薬購入者名簿」と、書いてある。

田島幸平の署名は、三枚目に載っていた。その頁の一行目は、林佑介《はやしゆうすけ》という署名で、これは医者らしい。「モルヒネ」と、ゴム印が押してあった。

二行目が、田島幸平である。

(目黒区中目黒××番地、田島幸平)

と、やや右上りの字で、署名してあった。

職業欄には、「画家」とあり、備考のところには、「画材として購入」と、同じ筆跡で書き込んであった。ゴム印は「青酸」だった。

「嘘じゃ、ありませんでしょう?」

薬局の主人が、同意を求めるように、矢部と、傍にいる滝見刑事の顔を覗《のぞ》き込んだが、二人とも、返事をしなかった。

「これを、二、三日、貸して貰いたいが」

矢部がいった。

「結構ですが、私はどうなるんでしょうか? 罪になるんでしょうか?」

薬局の主人が、蒼《あお》い顔で訊いた。矢部は冷たい顔を向けた。

「とにかく、あんたの売った青酸加里のおかげで、二人の人間が、死んでいる。そのことを、よく考えてみるんだね。それに遠からず厚生省の方からも、呼出しがあると思うね」

五

矢部と、滝見刑事の持ち帰った「劇薬購入者名簿」は、すぐ鑑識に運ばれて、筆跡鑑定が行われた。その結果は、矢部の予期していた通りだった。田島幸平の筆跡に、間違いないというのである。

「また一つ、無理心中の可能性が、強くなりましたね」

と、滝見刑事がいった。

「しかし、薬局の主人が、芸術の為に青酸加里を売ったというのは、どうも解せませんね」

「ありゃあ、嘘に決っている」

と、矢部は笑った。

「田島は、青酸を絵に使うと、いったかも知れん、しかし、あの主人《おやじ》が、青酸加里を売る気になったのは、その為とは思えない。恐らく金を摑《つか》まされたからだ」

「それにしても、田島は、どうしてあの薬局へ行けば、青酸加里が入手できると考えたんでしょうか？　前からの知り合いのようにも思えないんですが」

「それについて、一つの解釈が可能だと思うんだ。あの薬局の主人は、以前に、法律に触れるような事件を、起したことがあるんじゃないかと思う。何かの理由で、田島はそれを知った。脅かし、金を与えれば、毒薬を入手できると考えた。それで、あの薬局に行ったのじゃないかと、思うんだがね」

「調べて、みますか？」

「そうだね。一応、小久保薬局を、洗って貰おうか」

矢部が、いった。

滝見刑事が、出掛けてしまうと、矢部も、席を立った。もう一度、田島邸に、足を運んでみようと思い立ったからである。

田島麻里子の日記には、『M子の像』のことが、記入されている。田島は、嫉妬《しっと》から、その絵に、赤絵具を塗りつけ、それが、夫婦間の溝を、更に深いものにしたことになっている。その絵を見たいと、考えたのである。

田島邸に着くと、アトリエ、居間などを、詳しく調べてみた。八十号の大作と、日記に書いてあったから、かなり大きな絵の筈である。

あれば、すぐ見つかる筈だが、何処からも発見できなかった。

(田島幸平が、焼き棄ててしまったのかも知れない)

と、矢部は思った。

(最初から、田島が、無理心中する積りだったとして、妻の肖像も、この世に残して置きたくないと考えるのは、無理からぬことかも知れない)

矢部は、その結論を持って、警視庁に戻った。暫《しばら》くして、滝見刑事も、戻って来た。

「やっぱり、矢部さんのいう通りでした」

と、滝見刑事がいった。

「小久保薬局の主人は、前に、薬事法違反で二か月の営業停止を喰《く》っています。二年前のことで、新聞にも出たそうですから、田島は古新聞を見ていて、知ったんだと思います」

「やっぱりか」

矢部は、苦笑した。こんな推測は、当っても、愉快にはなれない。

その日の夜、捜査会議が、開かれた。

明日の朝で、四十八時間の拘留期限が切れる。それまでに、殺人事件か、心中事件かの結論を出す必要があった。

「私は、一種の無理心中と、考えます」

と、矢部はいった。

「殺人事件の可能性が、何パーセントか、残っていることは、私も認めます。しかし、田島麻里子の日記、新紀会会員の証言、桑原ユミの証言、それに小久保薬局で、田島幸平が、青酸加里を入手したことなどの要件を考えますと、井関一彦が主張するように、無理心中の線が、強くなると考えます。井関は釈放すべきだと思います」

「そうなると、井関一彦も、一種の被害者ということになるね」

課長がいった。

「無理心中か。一時は、天才と騒がれた男の最期にしては、わびし過ぎるね」

課長の、その言葉で、矢部は、死んだ田島幸平が、新紀会の仲間から、敬遠されていたらしいことを思い出した。名声を得、金銭的にも恵まれてはいたが、田島という男は、孤独だったのかも知れない。

だからこそ、妻の麻里子を失うことが怖く、あんな形で、全てを清算してしまったのではあるまいか。

捜査会議の空気は、心中事件の線で、落着いた。殺人事件を主張する者はなかった。主張したくも、根拠となる証拠が、ないのである。

「どうやら、殺人《ころし》事件の線は、消えたようだね」

と、課長がいい、それが、会議の結論になった。

六

翌朝。井関一彦は、釈放された。

「不愉快な思いを、なさったと思いますが、職務なので、承知して下さい」

矢部は、井関を送り出しながらいった。

井関は、流石に、疲労の濃い顔をしていたが、それでも、口元に柔らかな微笑を浮べて見せた。

「別に、気にはしません。それより、こんなことで、友人と、愛していた人を失った悲しみの方が、辛《つら》くてなりません。

永久に忘れられないだろうと思います。僕の眼の前で、死んだんですから」

「お察しします。ところで、これからどうなさるお積りですか？」

「葬儀に出席してから、仙台に帰る積りです。東京にいると、色々と想い出しそうなので……」

井関は、暗い眼になっていった。何処から見ても、友人と、愛していた女性を、同時に失った男の悲しみの姿であった。矢部は、警察を出て行く井関の、痩《や》せた後姿を見送りながら、あの男を、殺人犯かも知れぬと考えたのは、どうも、見当外れだったようだと、改めて考える気持になっていた。

事件は、終った。

新聞、テレビは、事件が落着したことを報じた。週刊誌は、三角関係を興味本位に書きたてた。桑原ユミを加えて、四角関係の苦い結果と書いた週刊誌もある。この事件では、週刊誌だけが、恰好《かっこう》のネタを得たことに終ったようである。

矢部は、心中事件と決った途端、何となく広漠とした気持を味わった。凶悪な殺人事件を追うことが仕事の、刑事の心の歪《ゆが》みかも知れない。

とにかく、次の事件が起きるまで、この心の空白状態は、続きそうだった。

矢部が、そうした空虚な気持を持て余していると、滝見刑事が、面会したいという人が来ていますと、いってきた。

「新紀会の会員で、江上風太という画家です」と、滝見刑事がいった。

「江上風太?」

何処かで聞いたような名前だが、と考えてから、その奇妙な名前が、田島麻里子の日記に出ていたことを思い出した。

「用件は?」

「例の事件で、話したいことがあるような口振りでしたが、お会いになりますか?」

「そうだな」

矢部は迷った。事件は、心中事件の線で、結着がついている。今更、江上風太という画家に会ったところで、どうなるものでもない。しかし……

「会ってみよう」

矢部はいった。時間はあるし、わざわざ訪ねて来た者を、むげに追い返すわけにもいかない。しかし、会ってみようと思った矢部の心の何処かには、百パーセント、心中事件と断定できない何かがあったせいかも知れなかった。

江上風太とは、四階の喫茶室で会った。

「どうも、お忙しいところを……」

と、江上は、小柄な身体を、一層、小さくして、恐縮していた。

「いや、構いませんよ」

と、矢部はいった。

「何か、あの事件のことで、来られたそうですね？」

「ええ。私には、どうしても、田島君が、無理心中を図ったとは、信じられないので、お伺いしたんですが」

「成程。しかし、殺人《ころし》事件の証拠は、全くないのです。それに、新紀会の会員の中には、田島幸平が、芸術的に、壁にぶつかっていた。だから、その面から見ても、無理心中の可能性があったと、いっていますが」

「田島君が、絵の面で、壁にぶつかっていたのは本当です。彼には、適当に描くという器用な真似はできませんでしたから」

「それに、基礎もなかったからと、会員の方は、いっていましたが」

「しかし、田島君には、それを補って余りある、才能がありました」

「貴方《あなた》は、田島幸平に、好意をお持ちだったようですね？　他の方々は、違っていたようですが」

「会員の中には、田島君を敬遠する者もいました。新紀会には、保守的な空気が強いから仕方のないことなんです。アカデミックな見方からすれば、田島君は、一種の異端者でしたから。だいたい、田島君は、新紀会に入る人ではなかったのです。もっと独創的な才能を伸ばすことのできる場所を、持つべきだったのです」

「しかし、田島は、最もアカデミックといえるN展に出品し、それが特選になって、名をあげたんでしょう」

「そうです。それが、いけなかったんです。田島君は、いわば、素人です。そのことで、コンプレックスを持ち、N展というものに、憧憬《しょうけい》を抱き過ぎていたんです。そのことが、結局、彼の絵を、壁にぶつけてしまったんですが、本人は、気付かなかったようです。私は、N展だけが、現代の美術じゃない。現代の美術は、N展を中心に動いてはいないんだと、何度もいったんですが、判ってくれませんでした。判って貰《もら》えないうちに、死んでしまって」

どうも、話が、妙な方向へ、外れて行くようだった。矢部には、画壇のことは、興味がない。

「それで、貴方は、今度の事件を、無理心中ではないと、思っているのですか？」

矢部が訊《き》いた。

江上は、頷《うなず》いて見せた。

「私には、田島君が、奥さんを殺すような人間には、どうしても、考えられないのです。心から、奥さんを愛していましたから」

「しかし、愛が強かったから、心中したとも考えられるんじゃありませんか？　手放すくらいなら、一緒に死にたいというのは、愛の一つの表明だと思いますが」

「勿論《もちろん》、そうもいえます。しかし、相手の幸福のために、自分は、身を引くという愛の表現もあるわけでしょう。私の知っている田島君には、そうした古さが、あったような気がするのです」

「それは、あくまでも、貴方の想像ですね」

矢部は、あまり興味がなさそうな顔をした。

「想像では、無理心中を、殺人事件に変えられませんよ。田島麻里子の日記、青酸加里の入手経路、桑原ユミの証言。そうしたものに立ち向うには、貴方の、田島幸平に対する好意だけでは、どうにもなりませんね」

「実は、その日記のことですが」

江上風太は、遠慮勝ちにいった。

「私に、見せて頂けませんか？　今度の事件が、無理心中ではないという証拠が、見つかるかも知れないと、思いますので……」

「事件の結着がついた際ですから、お見せしても、構いませんが」

矢部は、苦笑して見せた。

「あの日記には、殺人事件《ころし》を暗示するようなことは、一つも書いてありませんよ。むしろ無理心中の証拠で、埋まっているような日記です。貴方には、お気の毒ですが……」

矢部は、それだけいうと、気軽に、立ち上って、調べ室から、田島麻里子の日記を、取って来た。

「読んだら、貴方から、遺族の方に、渡して頂きましょう。コピイがとってありますから」

矢部は、日記を、江上風太に渡しながら、いった。

江上は、その場で、日記を読み始めた。顔が、紅潮しているのは、夢中で文字を追っている証拠だった。

やがて、江上風太は、日記帳から顔を上げた。その顔に向って、矢部がいった。

「どうですか？　その日記を読むと、貴方も今度の事件が、殺人事件《ころし》でなく、無理心中だと考えるように、なられたでしょう？」

「残念ながら、反対です」

江上風太は、大きな声を出した。

「この日記を読むまでは、無理心中の筈《はず》がないと思いながら、確信は、ありませんでした。

しかし、読み終った今は、確信を持っています。今度の事件は、無理心中なんかじゃありません。間違いなく、殺人事件です。田島君も、奥さんも、井関一彦に殺されたのです」

第六章

一

田島夫妻の葬儀は、十一月二十日。仏式で行われた。

場所は、目黒の田島邸。身寄りの少なかった麻里子の側からは、参列者がなく、喪主には、田島幸平の兄という人が、三重から来て、なった。いかにも百姓らしい、陽焼けした、朴訥《ぼくとつ》な人である。

葬儀は、参列者も少なく、ひっそりとしたものだった。無理心中という、異常な事件であった為に、参列を遠慮する人が多かったようである。

矢部は、仕事の合い間をぬって、駆けつけた。読経は、既に始っていた。末座について見廻《みまわ》すと、数少ない参列者の中に、井関一彦と江上風太の姿が見えた。

葬儀が、一段落すると、江上風太が、矢部の傍へ来た。

「あの日記のことですが」

と、江上はいった。

「奥さんに身寄りがないので、私が、預らせて貰っています。田島君のことは、あまり良く書いてないので、田島君の遺族に、渡すというのも、はばかられて……」

「貴方が、持っていて、結構ですよ」

矢部は、江上風太の誠実そうな、丸い顔を見ていった。この男なら、日記を悪用することもないだろうと思った。少なくとも、マスコミに、あの日記を売るようなことは、しないに違いない。

「ところで、貴方は、まだ、殺人事件だという確信を、持っていますか？」

「勿論です」

江上風太は、大きく頷いて見せた。

「殺人事件以外に、考えようは、ありません。ただ、確信はあっても、証拠が摑《つか》めないので、弱っているんですが」

「証拠が摑めると、思いますか？」

「勿論です。殺人事件なんですから、証拠はある筈です」

江上風太の表情は、相変らず、確信に満ちている。

矢部には、江上風太の確信の理由が、よく判らないのである。江上は、田島麻里子の日記を読み終ってから、「これで、殺人事件の確信を得た」といったのである。矢部も、田島麻里子の日記は、繰り返し読んでいる。しかし、矢部が、日記から得た結論は、江上風太が得たものとは、反対だった。あの日記からは、心中事件の結論しか出て来ない。

田島麻里子の日記には、夫に女ができたことを怒り、離婚を決意する人妻の心理の屈折が、書き込まれている。

夫に対する気持は、怒りと、恐怖の間を往復していたようである。夫のエゴイズムと、嫉妬《しっと》深さに対する怒り。そして、夫が、青酸加里を入手したのではあるまいかという怯《おび》え。

そして、彼女が恐れていた通りの破局が来たのである。無理心中以外の、何が考えられるだろう。田島麻里子は、彼女が恐れていたように、夫に殺されたのだ。

無理心中という形で――

それなのに、江上風太は、日記を読んで、殺人事件《ころし》の確信を得たと主張する。殺人事件《ころし》という以上、井関一彦が、田島幸平と、麻里子を殺したということでなければならない。

あの日記の、何処から、井関一彦が犯人という結論が、出て来るのだろうか。

矢部は、江上風太が、日記を読み違えているのだと考えていたが、そう思いながらも、自分が、重大な何かを、見落しているのではあるまいかという不安を、感じていた。矢部が、この葬儀に参列したのも、事件に関係したからという、儀礼的な考えの他に、もう一度、今度の事件を、考えてみようという気持があったことは、否定できない。

矢部は、江上風太の顔を眺めた。殺人事件と確信した理由を、訊《き》いてみたいと思うのだが、何となく、それが躊躇《ためら》われる。本職の刑事が、素人に事件のことを訊くということに、自然に面子《メンツ》ということを考えてしまうのである。

矢部が迷っている間に、喪主の、田島幸平の兄という人が、立上って、「皆さんに、お願いしたいことが、ございます」といった。

「私は、弟の葬儀が終りましたら、すぐ、三重へ帰る積りでおります。そこで、弟の描いた絵ですが、百姓の私には、絵を持って帰っても、風呂《ふろ》の焚《た》きつけぐらいにしかなりゃしません。それより、皆さんに、貰《もら》って頂いた方が、きっと、弟も喜ぶと思うのですが」

顔立ちの通り、素朴ないい方だった。矢部は、ふと、田島幸平は、絵を描くより、この兄のように、百姓をしていた方が、幸福ではなかったろうか、と、思った程である。

参列者は、アトリエに案内された。主人を失ったアトリエは、妙に、がらんとして、寂しく感じられる。完成した絵、未完成のカンバスが、積み重なっている。その中から、気に入った絵を、各自一点だけ、選んで欲しいと、田島幸平の兄は、いった。

矢部は、小さな素描《デッサン》を貰うことにした。幼児の顔を描いた素描である。

江上風太は、静物画を選んだ。これも、三号の小品である。参列者の誰もが、遠慮して小品を選んでいるように見えた。その中で、井関一彦だけが、違っていた。

井関が選んだのは、百号の大作である。箱根《はこね》を描いた風景画で、田島幸平の絵としては失敗作のように見える絵である。

井関が、その絵を選んだとき、皆の顔に、軽い驚きに似たものが流れた。井関が、不遠慮だと、感じたからだろう。井関も、そうした周囲の眼を感じたらしく、

「私の家は、仙台で旅館をやっているのですが、前から、壁に飾る絵が、欲しいと思っ

ていたのです」

と、いった。

「どうぞ、どうぞ」

田島幸平の兄は、曇のない顔でいった。

「どうぞ、お好きな絵を持っていって下さい。その方が、弟が喜びます」

二

矢部は、江上風太と、帰途についた。深夜に近い時間になっていた。雨になりそうな、冷たい夜である。

「あの、絵のことを、どう思います？」

と、歩きながら、江上風太がいった。

「絵？」

と、矢部は、訊き返してから、自分の持っている、素描《デッサン》を、持ち直した。

「井関一彦が選んだ、大きな絵のことですか？」

「ええ、井関が、何故、あの百号の絵を選んだか、その理由を考えていたんですが」

「大きな絵を選んだことが、不審だということですか？」

「矢部さんは、不審に思いませんでしたか？」

「確かに、不遠慮な感じはしましたが、旅館の壁に飾る積りということですから、別に、怺《おか》しいとは、思いませんでしたが」

「私も、そう考えてみました。しかし、それでも、納得できないものが、残るんです。正直にいって、あの絵は、田島君のものとしては、失敗作です。彼の悪い面が、全部出てしまっているような絵です。

井関一彦も、一時は、絵を描いていたことがあるわけですから、それは、判っていたと思うのです。旅館の壁を飾るものとしたら、もっと、ふさわしいものが、いくらでもあった筈《はず》なのです。井関には、それも、判っていた筈です」

江上風太は、アトリエにあった、幾つかの絵の名前を、あげてみた。矢部の、素人としての眼にも、井関一彦が選んだ風景画は優れたものとは思えなかった。しかし、だからといって、それが、事件と関係があるという証拠はない。

矢部が、それをいうと、江上風太は、一応は頷《うなず》きながらも、

「私には、どうしても、井関一彦が、あの風景画を選んだのには、深い理由が、あったような気がしてならないのです。これは、あくまでも、臆測《おくそく》にしか過ぎませんが、ひょっとすると、あの事件が、殺人事件である証拠が、井関の選んだ絵の中に、残されていたかも知れません」

「風景画の中にですか？」

矢部は、驚いて江上風太の顔を見た。

「それは、少し考え過ぎじゃありませんか？　なんらかの意味で、事件に関係している

かも知れぬという推測なら持てないことは、ありませんが、殺人事件の証拠というのはね。それは、あの事件を殺人《ころし》事件と、貴方《あなた》が信じているから、何もかも、訝しく見えるのじゃありませんか。それにしても……」

「その通りかも知れません」

江上風太は、あっさり、頷いて見せた。

「あの絵のことは、私の思い過ごしかも、知れません。しかし、井関一彦が、田島夫妻を殺したという確信は、変りません。あれは、絶対に、無理心中なんかでは、ありませんん」

「しかし、証拠は、ないのでしょう？」

「証拠といえば、あの日記だけです。しかしあれが、証拠といえるかどうか、私にも判らないのです。しかし……」

「その日記のことですがね」

矢部は、立ち止って、江上風太の顔を見た。

何故、田島麻里子の日記が、殺人《ころし》事件の証拠になるのか。それを訊いてみたいと思ったが、今度も、妙な面子が、邪魔になった。

「あの日記は、大切に、保存しておいて下さい」

矢部は、いわずもがなのことを、いって、独りで、照れたりした。

短い沈黙があってから、江上風太が、「では、此処《ここ》で」と、急にいった。いつの間にか駅の前まで、来ていたのである。

「一つだけ、訊きたいことが、あるんですが」

と、矢部が、電車を待つ間に、いった。

「江上さんは、何故、あの事件に、そんなに熱心なんです？　単に、探偵的な興味からだけですか？」

「勿論《もちろん》、それも、ありますが」

江上は、微笑して見せた。

「あの事件で、井関一彦は、生きているのだから、自分を弁護することができます。田島麻里子さんは、死にましたが、遺《のこ》した日記で、彼女の立場を、弁護することができました。

しかし、田島君だけが、それが、できないのです。たとえ、田島君が、貴方がたの考えるように、無理心中を図ったのだとしても、彼だけが、自分を弁護できないというのは、不公平だと、私は、思ったのです」

「それで、貴方が、田島幸平の代りに、彼の弁護をする積りというわけですか？」

「私に、できるか、どうか、判りませんが」

江上は、頭を掻《か》いた。照れているらしい。

矢部は、江上のそうした態度に、彼の持つ優しさを感じた。

「しっかりやって下さい」

矢部はいった。

「貴方の殺人事件説には、賛成じゃありませんが」

「どうも」

と、江上はいった。

矢部は、新宿行の電車に乗り込む江上風太を、ホームで、見送った。

それが、江上風太を見た、最後であった。

三

葬儀の日から、一週間が、経過した。

その間、矢部は、他の事件に追われていた。

金融業の老夫婦が、惨殺され、三十万円が奪われた事件である。凶悪な事件だったが、事件そのものとしては、単純だった。一週間後に、犯人が逮捕され、事件は解決した。犯人は、二十歳になる学生で、奪った金で、信州《しんしゅう》で、スキーを楽しんでいたのである。山のホテルで逮捕されたとき、学生は、「スキーに行く金が欲しかったから……」と平然とした顔で、いったという。

浮薄な世相が生んだ事件の一つに過ぎないのだろう。バカンスに金が要る。だから、金を盗んだ。その時、騒がれたから殺した。それだけのことだ。問題は、それが、何の障壁もなしに、ストレートで、気持の中で、つながっていることだろう。欲望と行為の間に、精神的な障壁を造ることが、社会の責任なのに、バカンスだとか、レジャーだとか騒ぎたてる現在の社会は、逆のことをしているとしか、矢部には思えないのだが。

しかし、こうした感慨も、事件が、検察庁の手に移ってしまうと、矢部の心から去った。

代って、江上風太の柔和な顔が、思い出された。彼は、まだ、あの事件が、殺人事件だと、確信しているだろうか？　それとも、無理心中説に、転向しただろうか？

矢部は、「新紀会」の事務所に、電話してみた。電話口には、若い男の声が出た。矢部が、江上風太に、連絡したい旨をいうと、

「江上さんは、五日前から、行方不明なんですが」

という声が、戻って来た。

「行方不明？」

矢部は、驚いて訊《き》き返した。

「どういうことですか？　それは……」

「五日前、僕が、会ったとき、江上さんは、これから、一寸《ちよつと》、旅行に出掛けてくると、いっていたんです。二、三日で、帰ってくるような口振りでした。それっきり、姿を見た者もいないし、連絡も、ないのです」

「貴方が会ったとき、何処へ行くと、いっていたんですか？」

「それが、訊いたんですが、ただ、北の方さというだけで、はっきりとは、いって呉《く》れ

なかったんです。それで、余計に、心配になって、警察に、捜索願いを出そうかと、相談していたところなんですが」

「江上さんの家族は？」

「江上さんは、独身で、東京には、家族はおりません」

「以前にも、ふっと、旅に出るということはあったのですか？」

「江上さんは、余り、旅行が好きじゃないのです。というより、嫌いだったといった方がいいかも知れません。その江上さんが、旅行するというので、珍しいこともあるものだと思っていたくらいなんです。今度のように五日間も、消息がないというのは、初めてのことです。それで、捜索願いを……」

「判りました」

と、矢部は、いった。

「捜索願いは、出した方が、いいかも知れませんね」

矢部は、受話器を置くと、腕を組んだ。江上風太が失踪《しっそう》したのだ、と、改めて、自分にいい聞かせてみる。その言葉の持つ重要さを嚙《か》みしめてみる。江上の失踪は、まだ確定したわけではないが、もし、失踪が本当だったら、それは、あの事件に関係があると考えて、間違いないだろう。

（江上風太の推測の方が、正しかったのだろうか？）

矢部は、自分が、次第に落着きを失っていくのを感じた。勿論、失踪が直ぐに死を意味してはいない。江上風太が、殺された証拠はないし、失踪さえ、まだ確定はしていないのである。しかし、矢部の想像はそうした障碍《しょうがい》をとび越えて、拡がって行く。

江上風太は、殺人事件の確信を持ち、証拠を摑《つか》もうとして、調査していた。旅行に行くといったのも、調査のための旅行の意味だろう。そして、江上は、証拠を摑んだのではあるまいか。だから、殺された……？

矢部は、椅子から立ち上がると、調べ室を出た。ここ一週間の、事件関係者の動きを調べてみようと思ったからである。

調べた結果は、次の通りだった。

井関一彦は、葬儀の終った翌日、仙台へ帰っている。

桑原ユミは、モデルをやめ、浅草田原町《あさくさたわらまち》に小さなバーを開き、そこのマダムに納っている。この資金は、死んだ田島幸平から、手切金として貰《もら》ったものと噂されている。あの事件で、得をした者がいるとすれば、桑原ユミだけかも知れない。

小久保薬局の主人は、薬事法に問われ、営業停止を命ぜられた。ただ、田島幸平が、青酸加里を悪用することを知っていて、売ったという確証は得られず、刑事責任は、問われなかった。なお、当人は、東京が嫌になったので、郷里の広島へ帰る積りだと、いっているらしい。

新紀会の、田島幸平に対する態度は、依然として冷たいように見える。

一部年長者の会員の中には、無理心中という事件の経緯から、田島幸平の名を、除籍せよと主張する者もあるようだが、流石に、これは、採択されていない。

そして、江上風太は、失踪。

矢部は、江上が、仙台へ行ったのでは、あるまいかと思った。江上は、井関一彦が、田島夫妻を殺したと考えている。その井関が、仙台へ帰っているのだから、江上風太が、仙台へ行ったことも、当然、考えられる。「北の方へ行ってくる」という江上の言葉からも仙台は、当然、浮んでくる名前である。

(江上風太は、仙台へ行ったのだ)

矢部の心の中で、それは、次第に確信に近いものになっていくようだった。

江上風太は、仙台で何をしたのか？　井関一彦に会ったのか？

矢部の心に生れた焦躁《しょうそう》は、次第に色濃くなって行くようだった。あの事件で、警察は、重大な何かを見落していたのではないだろうか。そのことが、江上風太の失踪に、つながっているのではあるまいか。

疑問は果しなく拡がって行く。拡がれば、拡がるほど、矢部の焦躁は強くなった。

四

矢部は、決心して課長に会った。

「江上風太の行方を、追ってみたいというのかね？」

一課長は、難しい顔で矢部を見た。

「やらせて貰えませんか？」

と、矢部はいった。

「江上風太は、あの事件を、殺人事件と確信していました。そして、その証拠を集めるのだといって、歩き廻《まわ》っているうちに、消息を絶ったのです。ですから……」

「しかし、あの事件は、君が調べた結果、殺人事件の線は、出なかったんじゃなかったかね？」

課長は、一寸皮肉な眼付きになった。確かに、捜査会議で、無理心中説を主張したのは、矢部である。いや、矢部というより、警察全体の態度だったといってもいい。

「その通りです」

と、矢部は頷《うなず》いた。

「今でも、あの事件は、心中だと考えています。しかし、何かを見落していたのではあるまいかという不安が、あるのです。その見落しが、江上風太の失踪につながっているとしたらと」

矢部は、確信に満ちた江上風太の顔を思い出した。一体、あの確信は何処から来たのだろうか。

「丁度、事件が終って、身体が空いています。もう一度、あの事件を調べてみたいのですが。それと、江上風太の行方を追ってみたいのですが」

「そうだね」

課長は、そのまま黙って考えている。矢部は、その表情から、許可の下りる可能性の少ないことを覚悟した。一度、結論の出た事件を、再調査することは、殆《ほとん》どない。しかも、新しい事実が発見されたわけでもないのだ。

「駄目だね。残念だが」

課長はいった。

「君が、もう一度調べてみたい、という気持も判らなくはない。もし、江上風太が、殺人事件の証拠を摑み、そのために殺されたのであれば、調べる必要がある。というより、調べなければならないだろう。しかし、江上風太は、まだ、殺されたと推測できる段階じゃない。失踪そのものも、決ったわけじゃないのだろう？　捜査一課の係官である君に、捜査を命じることは、できんよ」

「判りました」

矢部は頷いた。課長の言葉には理屈がある。江上風太の死体が発見されてからでなければ課長としては、調査の命令は出せないのは、当り前かも知れない。

矢部が、課長室を出ようとすると、課長が思い出したように、

「ところで、君は、最近、休暇を取ってないんじゃないか？」

と、いった。

「適当に、身体を休めていますから……」

「休暇を取り給え」

ね？」

「すぐにだ。三日間の休暇だ。それだけあれば、仙台へ行って来られるんじゃないか

「今、すぐですか？」

課長は、矢部を見て、笑って見せた。

五

矢部は、その日の青森行きの夜行に乗ることにした。二十三時二十一分上野発の「十和田《とわだ》四号」である。仙台には、明朝五時三十四分に到着する。

矢部は、発車三十分前に、上野に着いた。早く来過ぎてしまったのは、緊張と、興奮のせいらしい。矢部にしては、珍しいことである。時計を見てから、自分で苦笑し、時間潰《つぶ》しに、駅の構内を歩いた。

あと一、二週間もすれば、気の早いスキー客で賑《にぎわ》うのだろうが、今日の構内は、閑散としていた。

矢部は、売店の前で足を止めた。時刻表を買おうかと思ったのだが、並んでいる週刊誌を眺めているうちに、時刻表のことを忘れてしまった。週刊誌の一つに、気になる見出しを、読んだからである。

余り有名な週刊誌ではない。しかし、その表紙に書かれてある、「心中事件の真相」の言葉は、矢部の気を惹《ひ》くに充分なものがあった。矢部は、その週刊誌を取り上げて、

頁を繰ってみた。

「天才画家の無理心中」という、大きな活字が、最初に眼に入った。矢張りあの事件の記事かと思ったが、それだけではたいして、矢部は驚かなかった。どうせ、新聞記事を適当に潤色したのだろうと思っただけである。

むしろ、スピードを生命にする週刊誌としては、今頃になって、あの事件を扱っているのかと、その方に感心した位だが、見出しの次の活字を読んで、矢部は、眼を大きくした。

そこには、次のような惹句《じゃっく》が並んでいたからである。

「事件の前日、田島夫妻に会った、本誌記者が語る、事件の真相」

事件の前日、井関以外に田島夫妻に会った人間が居たというのは、矢部には初耳だった。本当だろうか、と疑いながらも、矢部は、その週刊誌を買っていた。

列車に乗ってから、すぐ、週刊誌を拡げて読み始めた。

私（記者）は、その日、東京近郊の旅館に田島麻里子さんを訪ねた。田島夫妻の間に、秋風が立ち始めたという噂を聞き、その真相を確めに行ったのである。田島麻里子さんは、私の質問に対して、知らぬ存ぜぬ《ノーコメント》であったが、家を出ていること、泣き出しそうな表情から、私は、離婚を必至と感じた。しかし、田島幸平氏は、離婚を承知するだろうか。私は、その危惧《きぐ》を感じて、その夜遅く、田島邸を訪ねた。時刻は、十二時に近かったろうか。普通の人なら、既にベッドに就いている時刻である。それなのに、田島邸には灯《あかり》が、あかあかと点《つ》いていた。

私は、ベルを鳴らした。しかし返事はない。私は、ベルを、鳴らし続けていたろうか。やっと、ドアが開き、田島幸平氏が、顔を覗《のぞ》かせた。その時の、幸平氏の顔を、私は生涯忘れないだろう。真赤に充血した眼。疲れ切った老婆のような顔。そして、しっかりと結ばれた唇。それは、まるで赤鬼のように見えた。私が、思わず息を呑《の》んでいると、幸平氏は、「明日の準備で忙しいから、誰にも会いたくない」と激しい口調で言って、ぴしゃりっと、ドアは、閉められてしまった。

「明日の準備」——事件が終ったあとで考えれば、その言葉が、いかに恐ろしい意味を持っているかが判るのである。しかし、そのときには、私には、判らなかった。もし判っていれば、あの事件は、未然に防ぐことができたのである。私は、殺人者に会い殺人を予告されていたのである。無理心中という名の殺人を——

記事は、まだ続いていたが、あとは、単なる附けたりに過ぎなかった。

矢部は、週刊誌を置いた。本当だろうか、という疑問が、最初に矢部を捕えた。余り評判のいい週刊誌ではないだけに、出鱈目《でたらめ》の可能性が強い。「赤鬼のように見えた」などという文字を読むと、どうもインチキ臭い。

「明日の準備」などと、事件を予告するというのも、妙な話である。

（しかし、事件の前日、田島夫妻に会ったというのが本当だったら？）

と、考えた。仙台から帰ったら、この記者に、会ってみようと思った。そう決めて、週刊誌の記事は、忘れることにした。考えなければならないことは、他にもあるのである。

六

矢部を乗せた列車は、北に向って、走り続けている。単調な、レールの音が、低く聞えてくる。矢部は、座席に頭をもたせかけて、江上風太のことを考えた。

江上風太も、五日前の夜、この列車で、仙台へ向ったに違いない。井関一彦が、田島夫妻を殺したのだという確信を抱いて。

あの確信は、何処から来たのだろうか？

何回となく、繰り返された疑問が、また、矢部の心に浮んでくる。

江上風太は、田島麻里子の日記を読んで、殺人事件の確信を得たと言った。日記の文章なら、何度も読み返して、矢部は、暗記している。あの何処に、殺人事件だという確信を与えるようなものがあったろうか？　全体としてみれば、あの日記からは、無理心中の結論しか出て来ない筈《はず》である。ただ、部分的には、多少、疑問を持つ箇所も、ないわけではない。

例えば、田島麻里子が、夫の情事を知るキッカケになった、匿名の手紙については、差出人が、誰であるかは、まだ、判っていない。

彼女の日記には、ただ、女のような筆跡とあるだけである。彼女にしてみれば、夫の情事を発見したことが、頭を占領し、匿名の手紙が、誰からのものだという詮索《せんさく》などは、どうでも、よいことだったのだろう。しかし、江上風太が、そのことから、殺人事件の確信を得たとは、思えなかった。

田島麻里子が、夫の小久保薬局に入るのを目撃したことにも、タイミングが、合い過ぎているという疑問も、持てなくはない。誰かが（ということは、井関一彦がということだが）、丁度、タイミングが合うように、工作したのではないかという疑問はある。捜査の時にも、それが問題になったが、仕組まれた「目撃」という結論は、出なかったのである。江上風太にも、これが、仕組まれたものだという確信は、なかったに違いない。疑惑は持てても、田島幸平が、青酸加里を、小久保薬局で購入した事実は、消えない。

この事実を、くつがえすことができない限り、単なる疑惑に、止《とど》まるだけである。

こう考えてくると、日記から、殺人事件の確証を得たという、江上風太の言葉は、いよいよ、判らなくなってくる。殺人事件ということは、井関一彦が、犯人ということである。と、すれば、田島麻里子の日記の中に、井関を警戒するような言葉か、井関の行動に、不審を抱く文字が、出ていなければならない筈である。それを見て、江上が、井関一彦を犯人と確信したのなら、納得できる。しかし日記には、何処を探しても、井関一彦に対する信頼の言葉しか読むことは、できないのである。江上は、その言葉の、何処から、井関が、田島夫妻を殺したという結論を得たのだろうか？

矢部は、車窓に映る夜景に、眼を移した。少し、気分を変えた方が、いいかも知れない。案外、簡単な何かを、見落しているのかも知れない。

時計は、十二時に近い。矢部の乗った列車は、常磐線《じようばんせん》経由なので、間もなく土浦《つちうら》の筈だった。瞳《め》を凝らすと、夜の闇の中に、灰色に光る湖面のようなものが見えた。

江上風太も、あの湖面を見たのだろうか？

矢部は、眼を閉じて、江上風太の、丸い、善意に満ちた顔を、思い出した。

(彼は、死んでしまったのだろうか？)

七

五時三十四分、定刻に、「十和田四号」は、仙台に到着した。

仙台の町は、まだ薄明の中に、眠っているように見えた。雨の降りそうな重い雲が、空を覆っている。寒かった。改札口を出たところで、矢部は、コートの襟を立てた。

矢部は、十年前、仙台を訪れたことがある。

しかし、そのときの記憶は、薄れてしまっていた。憶《おぼ》えているのは、駅前に広場があったことと、カキ料理の美味《うま》さだけである。

広場はあった。が、十年前とは違って、高いビルが、目白押しに、立ち並んでいる。

初めての町へ来た感じがした。

矢部は、取りあえず、駅前に開いている食堂で、朝食を摂《と》ることにした。

旅行者相手の食堂と見えて、サービスも悪く、食事は、不味《まず》かった。

矢部は、そこで、井関一彦の経営している旅館の場所を訊《き》いた。

食堂の主人は、眠そうな眼で、「観日荘」という旅館の名前を、二、三度、口の中で、繰り返してから、その旅館なら、青葉城《あおばじょう》跡の近くにあった筈だと、いった。

矢部は、教えられた通り、駅前から、市電に乗った。仙台の市電は、東京のそれに比べて、一まわり小さい。しかし、出勤ラッシュの時間が、まだ来ないせいか、乗客は少なかった。

矢部は、座席に腰を下して、通り過ぎていく仙台の町を眺めた。市電は、仙台で最も繁華といわれる、旧東五番丁を通っている。

そのせいか、ビルが並び、あわただしく車の行きかう町の姿には、東北の風土は、感じられなかった。しかし、電車が、町の中心を離れるにつれて、近代的なビルは姿を消し、古い構えの家が多くなり、東北の城下町の姿が、顔を覗かせ始めた。

矢部は、広瀬《ひろせ》川の近くで、市電を降りた。周囲は、明るさを増してはいたが、それでも雨雲は、相変らず低く垂れこめていた。

その中で、仙台平野を取り巻く山脈が、墨絵を見るように、黒く霞《かす》んで見えた。それは間違いなく、北国の景色であった。

「観日荘」は、すぐ判った。青葉城跡の見える場所に、ひっそりと建っていた。かなり大きな旅館だが、静寂な感じを受けたのは、季節外れのせいだろう。

矢部は、微《かす》かな緊張を覚えながら、旅館の玄関に立った。応対に出た女中に、井関一彦を呼んで欲しい、といってから、何気なく見廻《みまわ》すと、壁にあの絵が掛っていた。箱根を描いた百号の風景画である。井関は、葬儀の日にいったとおり、この絵を、入口に飾ったのだ。

しかし、江上のいったように、今、見ても余り、いい絵ではない。

「あのときの刑事さんですね……？」

と、背後から声をかけられて、矢部は、振り向いた。帳場に、背広姿の井関一彦が立っている。その顔に、格別、驚いた表情は、浮んでいなかった。

矢部は、奥の部屋に通された。

茶菓子を運んできた女中が、退《さが》ると、

「仙台には、どんなご用で、いらっしゃったんですか？」

と、井関が訊いた。

「珍しく、休暇を貰《もら》えましてね。それで、来てみたのです。学生の頃から、東北に憧《あこが》れていたものですから」

余り上手な嘘とはいえなかったが、井関が信じないのは、覚悟の上だった。

井関は、微笑した。

「私には、東北は、余り素晴らしいとは思えませんが」

と、井関はいった。

「しかし、ゆっくりしていって下さい。あとで、青葉城跡を、ご案内しますよ」

「有難う」

矢部は、礼をいってから、

「ところで、六日前、江上風太さんが、訪ねて来ませんでしたか？」

何気ない調子で、訊いた。

「江上？」

と、井関は、訊き返してから、

「ああ、新紀会の江上さんですか。ここにはいらっしゃいませんが、江上さんが、どうかしたんですか？」

「東北に旅行するといって、出掛けたまま、帰らないのです。それで、ここへ来たのではないかと考えたのですが」

「残念ですが、ここには、見えませんが」

「そうですか」

矢部は、頷《うなず》いたが、井関の言葉を信じたわけではない。井関が、姿を消すと、矢部は、女中を呼んで、新紀会の事務所から、借りてきた、江上風太の写真を見せた。

「この人が、五日前に、ここへ訪ねて来た筈なんだが、憶えていないかね？」

矢部が訊くと、女中は、じっと写真を見てから、

「こんな人は、来ませんでした」

と、はっきりした口調でいった。他の女中に当ってみたが、結果は同じだった。

江上風太は、観日荘を、訪ねていないというのである。その顔色から、井関に、口止めされているとは、思えなかった。

(江上風太は、仙台へ来なかったのだろうか?)

矢部は、自信を失いかけたが、仙台へ来ても、観日荘を訪ねなかったことは、あり得るのだと、思いなおした。井関一彦に会うにしても、何も、観日荘を、訪れる必要はない。電話で、呼び出せばいいのだ。

矢部は、帳場の隣りに、小さな交換台があったのを、思い出した。部屋を出ると、そこへ足を運んだ。幸い、交換台の周囲に、人の姿は見えない。二十二、三の女が、退屈そうに、本を拡げているだけだった。その女が、交換手らしい。

「ここに掛ってくる電話は、全部、君が受付けるのかね?」

と、矢部は訊いた。女は、そうだと、いった。

「この五日間、井関一彦さんに、外から、電話が掛って来なかったかね?」

「掛って来ましたわ。市役所からと、観光協会の人から」

「その他には?」

「それだけですけど。二度だけですわ」

「江上風太という男から、井関一彦さんに、電話は、掛って来なかったかね？」

「エガミ、フウタ――？」

女は、いいにくそうに、口の中で呟《つぶや》いてから、

「いいえ」

と、首を横に振った。

「そんな方から、電話は掛って来ません。市役所からと、観光協会の二つからだけですわ」

八

矢部は、散歩して来ると、いい残して、旅館を出た。雨雲は、相変らず低い。

江上風太は、観日荘を訪ねていないし、電話も、掛けていない。しかし、江上は、仙台に来たに違いないという確信は、消えなかった。江上が、口にしたという『北の方』は、仙台以外、考えられないのだ。

観日荘の近くには、低い家並が、続いている。江上風太は、此処《ここ》を歩かなかったろうか？

矢部は、煙草の切れていることに気付いて、小さな煙草店に寄った。店番をしていたのは六十歳近い老婆である。矢部は、煙草を買ってから、井関一彦の評判を訊いた。

「感心な息子さんですよ。ありゃあ」

老婆は、大きな声でいった。

「絵描きになるんだといって、家を飛び出したときは、親御さんが、随分、心配しましたがね。三年前に、ふいに帰って来てからってものは、人が変ったみたいに、旅館の仕事に精を出すようになりましてね。あんな働き者は、今どき珍しいんじゃないかって、評判ですよ」

「まだ、結婚は、してないようですが？」

「ええ。あの通りの働き者だし、男前はいいしで、色々と縁談を持ってくる人は、あるらしいんですがねえ。みんな、断ってしまうんですよ。それというのがね」

老婆は、急に、声をひそめた。

「何でも、東京に好きな女がいて、その女のことが、忘れられない為だってことですよ。しかも、その女ってのが、他の男と、結婚してるんですと」

「東京の女がねえ」

「そういえば、四、五日前にも、あんたさんと同じように、井関さんのことを、訊《き》きに来た人がいましたよ」

「えっ？」

矢部は、思わず、声が大きくなった。

江上だろうか？

矢部は、あわてて、江上風太の写真を、老婆の眼の前に、突きつけた。

「それは、この男じゃありませんか？」

「そうですよ」

老婆は、あっさり頷いてみせた。

「この人ですよ」

「彼は、どんなことを、訊いたんです？」

「あんたさんと、同じようなことですよ。井関さんの評判とか、どんな生活をしているかとか。あんたさんも、縁談を持ってらっしゃったのかね？」

「まあ、そんなところです」

矢部は、あいまいに笑って、煙草屋を離れたが、再び歩き出したとき、その笑いは消えていた。

（江上風太は、矢張り、仙台へ来たのだ）

しかも、観日荘の近くで、井関一彦の評判を訊いている。だが、観日荘には、泊らなかった。ということは、他の旅館に旅装を解いたことを意味している。それも、此処から、余り遠くない旅館の筈《はず》である。

矢部は、広瀬川に沿って点在する旅館を、一軒一軒、当ってみることにした。

最初の二、三軒からは、何の収穫も、得られなかった。四軒目も、収穫なし。観日荘からの距離が広がるにつれて、矢部は、期待が、薄くなるのを感じたが、六軒目の、「北野館」という旅館で、やっと、手応《てごた》えを感じた。

「この人なら、五日前の朝、確かに、見えましたよ」

と、中年の、旅館の主人が、写真を見て、いった。

「東京の沢本《さわもと》さんとか、おっしゃってましたが」

「沢本――？」

どうやら、江上風太は、偽名を使って、泊ったらしい。恐らく、井関一彦に知られるのが、嫌だったからだろう。殺人の確証を摑《つか》むまで、井関一彦を、油断させておく積りだったのかも知れない。そう考えれば、直接、観日荘に、井関を訪ねなかったことも、説明がつく。

「その沢本という人は、何日、泊ったんですか？」

「それが、十一月二十二日に、お見えになりましてね。二十四日の昼頃、散歩してくるからと、外へ出られたまま、消えてしまわれたんです。宿料の方は、三日分、前払いで頂いているので、その方は、構わないんですが、ボストンバッグが、残っていますので」

「二十二日の朝着いて、翌々日の昼に、姿を消したと、いうんですね？」

「ええ」

「その間、何をしていました？」

「この先にある、観日荘という旅館のことをいろいろと、お訊きになりました。それから、よく外出されてました。歩き廻《まわ》るのが好きだとか、おっしゃって」

「そうですねえ。仙台の地図が欲しいとおっしゃるので、一枚、差し上げたのを、憶《おぼ》えています」

「仙台の地図？」

「ええ、仙台を全部見て廻る気で、いらっしゃったんじゃないですかね」

「十一月二十四日ですが、出掛けるとき、何か、いっていませんでしたか？」

「別に。ただ、夕食のことを、お聞きしましたら、帰りが遅くなるかも知れないから、
夕食の仕度は、しなくていい、とおっしゃって、ここを出られたんですが、それっきり。

警察へ届けた方がよろしいでしょうか？」

「いや」

と、矢部はいった。

「届けなくてもいいでしょう。きっと、今頃は、東京に帰っていますよ」

「でも、ボストンバッグが……」

「それを、見せて貰《もら》えますか？」

「ええ」

旅館の主人は、奥から茶色のボストンバッグを運んで来た。鍵《かぎ》は掛っていない。矢部
は、チャックを開いた。

これはと思うものは、入っていなかった。着替えの下着、携帯用の洗面具。それに、

仙台の地図。それだけだった。田島麻里子の日記が入っている筈だと思ったが、見当らなかった。江上は、日記を持って、旅館を出たのだろう。

「この地図は、御主人があげられたものですか？」

「そうです」

矢部は、地図を開いてみた。一メートル四方程の大きな市街図である。何か、書き込みでもないかと、丹念に見たが、それはなかった。

「地図が欲しいといったのは、何時ですか？」

と、矢部は訊いた。

「着いた日ですか？」

「いえ」

旅館の主人は、首を横に振った。

「次の日の夕方です」

「二十三日の……」

矢部は、意外な気がした。着いた日に、地図を求めたのではなく、翌日の、しかも夕方になって、地図を欲しがったというのは、一体どういうことなのだろうか？

判らなかった。

矢部は、ボストンバッグを、もう暫《しばら》く保存してくれるように頼んで、その旅館を出た。

九

江上風太について、二つのことが、判ったことになる。江上は、矢張り、仙台に来たこと。十一月二十四日の昼までは、生きていたことの、二つである。

十一月二十四日、旅館を出て、江上風太は何処へ行ったのだろうか？　先ず考えられることは、井関一彦に、会ったのではないかということである。そして、井関に殺されたのではあるまいか？

しかし、この考えには、一つの疑問点があった。江上風太は、観日荘を訪ねてもいないし、井関に、電話も掛けていないのである。

井関に会う為に、どうやって、連絡を、とったのだろうか、それが、判らなかった。観日荘の近くに潜んでいて、井関が外出するのを摑《つかま》えたのだろうか。他に考えようはないが、何故、そんなことをしたのか。

矢部は、疑問を残したまま、旅館に戻った。

昼食には、名物のカキ料理が出た。給仕に来た女中に、矢部は、十一月二十四日の、井関一彦の行動を、訊いてみた。

「二十四日ですか？」

若い女中は、一寸眉《ちょっとまゆ》を寄せた。色々なことを訊く客だと思ったのかも知れない。

「そう。二十四日だ。午後、井関一彦さんは何処かへ出掛けたんじゃないかね？」

「それは、二十四日に限りませんよ。若旦那《わかだんな》様は、たいてい、午後は、お仕事でお出掛けになりますけど」

「仕事って……？」

「いろいろです。よくは知りませんけど、組合のこととか、お役所との連絡なんかだと思いますけど」

「帰って来るのは、何時頃だね？」

「その日によって、違いますわ。二時頃、お帰りになることもありますし、夜遅く、お帰りになることも、ありますわ」

「今日も、出掛けたの？」

「いいえ、今日は、お客様を、御案内するのだとか、おっしゃってましたけど」

矢部は、そうだったなと、井関一彦の言葉を、思い出した。矢部は、一寸考えてから、

「井関さんに、悪いけれど、午後も、一人で歩いてみたいところが、あるからと、伝えて呉《く》れないかね。青葉城跡は、また、いつか、案内して頂くといって」

「はい」

女中は、また、一寸、眉をしかめて見せた。

質問好きで、その上、我儘《わがまま》な客だと思ったのかも知れない。矢部は、女中が、姿を消してしまうと、独りで小さく苦笑した。

矢部は、一服してから、昭和町《しょうわまち》にある、北警察署を、訪ねることにした。市電で、北

警察署のある、勾当台《こうとうだい》公園までは、かなりの距離である。

北警察署に、着いたとき、小雨が降り出した。冷たい雨である。警察署の前に立っている警官も、寒そうに顔をしかめていた。

矢部は、警察手帳を示して、署長に会った。署長は、五十年配の、柔和な顔立ちの男で、本庁の警部補を、一寸驚いたような眼で迎えた。

「一寸、お願いがありまして」

矢部は、恐縮した顔でいった。

「お忙しいところを恐縮ですが、調べて頂きたいことがあるのです」

「どんなことでしょうか？」

「この四、五日間に、身許《みもと》不明の死体が発見されなかったか、それを調べて頂きたいのですが」

「何か事件ですか？」

「六日前、仙台へ来て、そのまま、行方不明になった男がいるのです。既に、死んでいる恐れもあるのです」

矢部は、江上風太の写真を見せた。

「この男なんですが」

「調べてみましょう」

と、署長がいった。

仙台には、警察署が、四つある。北、南、東、中央、の四警察署である。他の三か所へ連絡している間、矢部は、署長室で待った。

署長室の窓から、雨に煙る仙台の町が見える。舗道が黒く濡《ぬ》れて、傘をさした人々が、足早に、歩き過ぎて行く。ふと、事件を忘れて、冬が来たのだな、という感慨に捉《とら》われた。

それも、東北の町に来ているせいかも知れない。

一時間程して、結果が判ったと、署長が、知らせてくれた。

「ここ一週間に、仙台市内及び、その周辺で発見された、身許不明の死体は、二件です。しかし、この写真に該当するようなものは、ありませんな。五十五、六歳の女性の死体ともう一件は、子供です」

ほっとした気持と、失望とが、同時に、矢部の心の中で、交錯した。前者は、江上風太の知り合いとしての感情であり、後者は、刑事としての感情である。どちらも、嘘ではなかった。

矢部は、礼を述べて、北警察署を辞した。

十

雨は止んだが、代りに淡い霧が出ていた。

矢部は、独りで青葉城跡へのぼった。仙台の町は、霧の向うに黒く沈んで見えた。

眼下には、広瀬川が、鈍く光りながら、蛇行している。深い雑木林は、褐色の海を作っていた。そうした周囲の光景は、全て、霧の中にかすみ、墨絵を見ているような感じだった。

しかし、矢部が、今感じているのは、そうしたいかにも東北らしい景色に対する、感慨ではなかった。江上風太のことである。友人としては、生きていて欲しいと思うが、刑事としての勘は、江上風太が、既に死んでいると断定している。しかも、冷静に考えれば、江上が死んでいる確率の方が高い。

風が、出て来たようだった。眼の前の霧が流れ始めている。矢部は、手で囲うようにして、煙草に火を点《つ》けた。

江上風太は、六日前の、十一月二十二日に仙台へ来て、「北野館」という旅館に泊った。そして、井関一彦のことを、調べている。

どんなことを調べたか、判っているのは、煙草屋で、彼が井関のことを訊《き》いたことだけである。その他、どんな調べ方をしたのか、矢部には判っていない。

そして、十一月二十四日の昼食後、遅くなるといい残して、旅館を出たまま、消息を絶った。

井関一彦が、江上を殺したのだろうか？　もし、そうだとしたら、江上が、殺人事件《ころし》の決定的な、証拠を摑《つか》んだことになる。そうでなければ、江上が、殺されることは、ないだろう。

しかし、江上が摑んだ証拠は、一体、何だったのだろう？　そこで、矢部は、壁に突き当るのを感じる。第一、二十二日に仙台に着いた以上、江上が、たった二日で、殺人の証拠を摑めたろうかという疑問も湧く。

（どうも判らないな）

矢部は、眉をひそめた。ただ、江上風太が殺されたのだろうという確信は、崩れない。他に考えようがないからだ。江上風太は、死んでいるに違いない。事故死なら、既に、死体は、発見されている筈《はず》だ。発見されないのは、殺され、死体が隠蔽《いんぺい》されているからだろう。

矢部は、もう一度、周囲の景色に眼をやった。霧が晴れ、仙台の市街が、鮮やかに浮き出ている。周囲の山脈も、黒い、はっきりした形を見せていた。

江上風太の死体は、この東北の景色の何処かに、隠されているに違いない。町の中だろうか。褐色に広がる雑木林の中だろうか。

それとも、あの冬山の懐だろうか。もし、山に埋められたのなら、やがて雪が降り始め江上風太の死体は、雪の下に、隠れてしまうだろう。

矢部は、煙草を捨てると、難しい顔になって、青葉城跡を降り始めた。

第七章

一

矢部は、東京に戻った。

一課長は、驚いた顔で、矢部を迎えた。

「もう帰って来たのか」

と、意外そうにいった。

「休暇は、まだ一日、残っている筈だ。仙台というところは、そんなに居心地が、悪いところかね？」

「居心地はよかったですよ。井関一彦が、歓迎してくれましたから」

「それなのに、たった一日で帰って来たのはどういうわけなんだね？　矢張り、あの事件が、無理心中と、判ったからかね？」

「反対です」

「正式に、あの事件の再調査をさせて欲しいんです」

「仙台へ行って、殺人事件の確証を摑んだのかね？」

「確証といえるかどうか判りませんが、あの事件が、殺人事件だという確信は、摑みました」

「確証でなく、確信か。その違いは、ともかくとして、君が、殺人事件の確信を得た理由というのを聞かせて欲しいね」

「第一は、江上風太が、仙台に行っていたことです。仙台で、彼が、井関のことを調べていたことが判りました。そして、失踪《しっそう》しています。恐らく、井関一彦に殺されたに違いありません」

「死体は発見されたのかね？」

「まだです。しかし、遠からず発見されると思います。他に、江上風太の失踪の説明はつきません。第二は、田島麻里子の日記です」

「日記？」

課長は、怪訝《けげん》そうな眼になって、

「あの日記からは、無理心中の結論しか、出っこないと、君は、主張していた筈だが」

「仙台へ行くまでは、そう考えていました。しかし、往復の列車の中で、重大な見落しをしていたことに、気が付いたんです。見落しというより、簡単な、錯覚をしていたと、いった方が、いいかも知れません」

「どんなことだね？　それは」

「田島麻里子の日記は、夫に対する不信感と井関一彦に対する信頼感で、貫ぬかれています」

「その通りだ。私も、二、三度読み返したから、憶《おぼ》えている。彼女は、夫と別れ、井関一彦の許《もと》に走る積りだった。その気持が、そのまま、日記に書かれてあった。しかし、その記述は、無理心中の結論に結びついても、殺人事件の結論とは、結びつかないと、思うがね？」

「私も、そう考えていました。日記の記述の通りなら、井関が、二人を殺す必要はない。だから、田島幸平が、無理心中を図ったに違いないと。しかし、我々は、そう考えたとき簡単なことを見落してしまったのです。日記の最後の記述は、離婚を承知したという、夫の言葉が、信じられないと、なっています。

また、彼女は、夫が、毒薬を入手したと考えて、怯《おび》えていた筈です。それなのに、事件の日、夫のすすめた酒を、疑うことなく、飲み、そして、死んだのです。彼女は、夫に対する不信感を抱き続けていた筈です。毒薬を入手したことを知って、怯えていた筈です。それなのに、夫のすすめた酒を、疑わずに飲んだ。訝《おか》しくはありませんか？」

「それはだね、たしかに、おかしいが……」

課長は、考える眼になって、宙を睨《にら》んだ。

「たしかに、訝しいが、麻里子は、夫とは、これが最後なのだと考え、感傷的になって、怯えを忘れたとは、考えられないかね？　女というものは、感傷的にできているからね。感傷が、疑惑や不安を、押し潰《つぶ》してしまったのじゃないだろうか？」

「私には、そうは考えられません」

矢部は、はっきりした声で、いった。

「田島麻里子が、乾杯した理由は、一つしか考えられないのです。それは、その酒が、夫がすすめたものではなかった、ということです。

田島幸平が、すすめた酒でないとすれば、残るのは、井関と、田島麻里子です。しかし、彼女自身が、青酸加里の入った酒を、自分で飲む筈がありません。とすれば、残るのは、井関一彦一人です。田島麻里子は、井関を愛し、信頼していた。彼がすすめた酒ならば、何の疑いも抱かずに、飲んだ筈です。夫と離婚してまで一緒になろうと思う男が、自分に毒を盛るとは、考えなかったでしょうからね」

二

「江上風太も、同じことを、考えたに違いありません。だからこそ、あの日記を読んで、殺人事件の確信を得たと、いったのです。そして、自分の確信を証明しようとして、仙台へ行った……」

「一寸《ちよつと》、待ち給え」

黙って、矢部の説明を聞いていた課長が、急に、言葉をはさんだ。

「確かに、君の意見は面白いし、我々が、見落していた点かも知れん。君の考えに従って、青酸加里を混入した酒は、井関が証言したように、田島幸平が、皆にすすめたものではなく、井関が、持ち込んで、田島夫妻に、すすめたものだとしよう。しかし、井関が、二人を殺さなければならなかった動機は、一体なんだろう？　井関が、秘《ひそ》かに、愛し続けてきた田島麻里子は、夫と別れて、彼の許に来る筈になっていた。田島幸平を、今更、殺す必要はないし、麻里子となれば、尚更だと思う。妙ないい方だが、あの三人の中で、憎しみを持つ必要があったのは、田島幸平一人だった筈だと思うがね」

「……………」

「それに、青酸加里のこともある。田島幸平が、小久保薬局で、青酸加里を入手したことは、証明できても、井関一彦が、青酸加里を入手した経路は、証明できていない」

「その通りです」

「まず、証拠が必要なのだ。私も、君の話を聞いて、井関一彦が、田島夫妻を、毒殺したのではないかと思うようになった。しかし、それは、あくまでも、可能性を認めるというだけのことだよ。証拠もなく、動機も不明では、捜査の再開に、踏み切るわけにはいかないのだ」

「判りました」

矢部は、小さく頷《うなず》いて見せた。

課長が、ただ個人的な感情で、反対しているのでないことは、判っている。課長は、慎重なのだ。一度、心中事件と断定したものを単なる確信だけで、殺人事件に、レッテルを貼りかえるわけには、いかない。

当然のことだった。警察の威信ということもある。

「ところで、残った二日間の休暇のことですが」

矢部は、明るい調子に戻って、課長を見上げた。

「まだ、返上しなくて、構いませんか？」

「勿論《もちろん》だよ」

と、課長は微笑した。

「新しい事件も起きていない。休暇を充分楽しみ給え」

「それを聞いて、安心しました。四十八時間以内に、起訴できるだけの、証拠を、見つけだして見せますよ」

矢部は、椅子から、立ち上っていた。

三

問題は、山積している。考えなければならないことが多く、証明しなければならないことも多い。

第一に、田島麻里子の日記の問題がある。日記は、江上風太と一緒に消え失《う》せてしまったが、コピイは警察にとってある。事件の有力な証拠書類であることに、変りはない。

あの日記から、最後の乾杯の酒は、井関がすすめたに違いないという推測はできる。

しかし、全体としてみた場合、田島麻里子の日記は、井関一彦の無罪を証明する役に立つ筈《はず》である。あの日記がある限り、井関は、安全地帯にいることになる。井関を、犯人として告発するには、あの日記を破壊することが、必要だ。

それが、できるだろうか？　あの日記の記述に、矛盾を発見することが、できるだろうか？

第二は、井関一彦を犯人と考えたときの動機である。殺されたのが、田島幸平一人であれば、簡単に説明はつく。しかし、田島麻里子まで、殺されたことを考えると、動機の説明が、つかなくなってしまうのである。田島麻里子まで、殺してしまって、井関は、一体何を得たというのか？

判らない。しかし、殺人事件なら、必ず動機がある筈だ。

第三は、江上風太のことである。彼が、井関一彦に殺されたに違いないという、確信は崩れてはいない。しかし、江上の死体が発見されなければ、これも、単なる確信に終ってしまうのだ。仙台市警では、該当する死体が発見され次第、矢部に連絡してくれることになっている。しかし、仙台は広い。井関が巧妙に、死体を始末してしまっていたら、発見は、難しいかも知れない。やがて、雪の季節である。北国の、根深い雪が死体を隠してしまったら、来年の春まで、発見できなくなってしまう恐れがある。

この他にも、問題は多い。井関一彦が、仙台へ持ち帰った、百号の風景画には、何か意味があったのかという疑問、それに、青酸加里の問題もある。

矢部は、どれから手をつけていいか、判断に迷った。それに、どの問題も、一度は、調べてみたことなのだ。そして、否定的な結論が出なかったのである。

考え込んでしまった矢部の頭に、ふと、仙台行の列車の中で読んだ、週刊誌の記事が思い出された。あれは、「心中事件の真相」と題したハッタリの多い記事だった筈である。

あの記事の中で、執筆者は、事件の前日、田島夫妻に、会ったと称している。嘘だとは思うが、念の為に、会ってみる必要はありはしないか。もし、会ったというのが、本当なら、そこから思わぬ突破口が、開けるかも知れない。

矢部は、「実話日本」という、その週刊誌の発行所を、訪ねてみることにした。

神田《かんだ》の裏通りの、木造の建物が発行所であった。狭い入口の所に、「実話日本社」という看板が下っている。がたぴしする戸を開けると、そこが、カウンターのようになっていて、女の子が一人、退屈そうに新聞を眺めていた。女の子の後は、汚れた衝立《ついたて》で、男の甲高い話声が、聞えてくる。そこが、編集室なのだろう。

矢部は、心中事件の記事を書いた人に、会いたいと、受付の女の子に告げた。扁平《へんぺい》な、いかにも日本人といった顔つきの女の子は、新聞を置くと、

「あの心中事件書いたの、だれ？」

と、衝立の背後に、声をかけた。大きな声である。すぐ、それに負けないような大きな男の声が、戻ってきた。

「あれは、コンちゃんだ。コンちゃんなら、前の喫茶店だぜ」

「こんちゃん？」

矢部は、女の子の顔を見た。

「伊集院《いじゅういん》さんです」

と、女の子が、いった。コンちゃんというのは、どうやら、綽名《あだな》らしい。

「前の喫茶店にいますから、勝手に会って下さい」

「すぐ判りますか？」

「眼鏡をかけた、色の黒い人ですから、すぐ判りますよ」

それだけいうと、女の子は、また、新聞を拡げてしまった。

矢部は、「実話日本社」の前にある、小さな喫茶店に入ってみた。暖房が、効いていて入った途端に、むっとする暖かさが、矢部の身体を包んだ。

客は、一人しかいなかった。眼鏡をかけた三十歳位の男が、隅のテーブルで、退屈そうに、指でテーブルを叩《たた》いていた。この男が、伊集院に違いない。コンちゃんという綽名の由来も、判ったような気がした。顔つきが、狐に似ているのだ。

矢部は、男の前に腰を下してから、

「伊集院さんですね？」

と、念を押した。男は、叩いていた指を止めて、うさん臭そうに、矢部を眺めた。その眼が、黄色く濁っているのは、徹夜でもして、疲れているのか、それとも、深酒でもしたせいだろうか。

「あんたは？」

と、男は、訊《き》き返した。矢部は、一寸《ちょっと》考えてから、名刺を相手に渡した。

「ほほう」

と、男は、名刺をすかすように見て、妙な声を出した。

「本庁の刑事さんが、この伊集院晋吉《しんきち》に、何のご用どすか？」

男の顔には、卑屈さと、傲慢《ごうまん》さが、交錯している。矢部は、これと同じ顔に、何度か会ったのを思い出した。いわゆるインテリ崩れといわれる男達にである。彼等には、共通した表情がある。この伊集院という男のように、卑屈で、同時に、傲慢な表情が。

「例の、心中事件のことで、お伺いしたいことがあるのです」

と、矢部は、いった。

「事件の前日、田島夫妻に、会ったというのは、本当ですか？」

「勿論、本当ですよ、僕も、ジャーナリストのはしくれですからね。会いもしないものを会ったなんて、書きませんよ。もっとも、一寸ばかり、くたびれた、ジャーナリストじゃありますがね」

「最初に、田島麻里子に、会ったわけですね？」

「強引に、彼女の旅館に上り込んだんですよ。こんな仕事をしていると、面の皮が、厚くなりましてね」

「それで、どんな話を、彼女としたんですか？」

「どんな話?」

伊集院晋吉は、にやっと笑った。

「どんな話どころか、彼女は、帰ってくれ、出てってくれの一点張りでしてね、話にも、何にも、なりゃしません」

「話は、交わさなかったんですか?」

「まあね。ただ、帰りぎわに、彼女に、電話が掛って来たのは、聞きましたよ。感度のいい電話でしてね」

「どんな、電話でした?」

「男の声で、田島君が、やっと納得してくれたとか、いってましたね。それは、井関一彦からの電話だと思いますね。田島幸平が、離婚に同意したという」

「そのあとは……?」

「そのあとは、田島麻里子が、周章《あわ》てて、受話器の口を押さえてしまったんで、何も、聞えずですよ」

「その日の夜、今度は、田島幸平に、会ったわけですね?」

「最初は、会うつもりはなかったんですよ。僕は、芸術家という人種が嫌いでしてね。それに、田島麻里子に会っただけで、記事に書けますからね。それが、あの日、目黒の友人のところで、飲みましてね。夜中になって帰ろうとしたら、偶然、田島幸平の家の前を通りましてね。それで、まあ……」

「何時頃ですか？」

「十二時は、過ぎてたかな。いや、前だったか、とにかく、夜中ですよ」

「出てきた田島幸平は、明日の準備で忙しいといったそうですが、あれは、本当ですか？」

「貴方《あなた》は、どうです？　本当に、思いますか」

伊集院は、にやにや笑いながら、聞き返した。

「思えませんね」

と、矢部はいった。

「本当は、何と、いったんですか？」

「本当は、こういったんですよ。今日中に、仕上げなければならないものがあるから、失礼すると」

「本当ですか？」

「刑事さんに、嘘をいっても始まらない。本当ですよ。それじゃあ、面白くないから、一寸脚色して、記事にしたんですがね」

「今日中に、仕上げなければならない……」

矢部は、その言葉を口の中で呟《つぶや》いてみた。

仕上げるという言葉から、連想されるのは絵である。田島幸平は、事件の前日、絵を描いていたのだろうか。それも、夜中までかかって。

「そのとき、田島幸平は、どんな様子でした？　貴方の記事には、赤鬼のように見えたと書いてあるが、私は、誇張のないところを、知りたいのだが」

「赤鬼は、オーバーですがね」

伊集院は、また笑った。

「眼が充血していたのは、本当ですよ。ひどく疲れた様子も本当です。それに、手が絵具で、汚れていましたね」

「絵具で……？」

矢張り、田島幸平は、絵を描いていたのだろうか。事件の前日に。

「判らないな」

矢部は、何度か繰り返した、その言葉を、今度も、呟いていた。

四

伊集院晋吉という、記者に会って、矢部が摑《つか》んだものは、新しい疑問であった。事件解決の鍵《かぎ》を見つける積りが、逆な結果になった恰好《かっこう》だが、新しい疑問は、裏返しの鍵であるかも知れない。

矢部は、事件の前日、田島幸平が、どんな絵を描いていたのか、調べてみようと、考えた。「今日中に、仕上げる」という以上、当然、期日を限定された、絵でなければ、ならない。

矢部は、田島麻里子の日記の中に、伊豆のスケッチ旅行のことが、書かれてあったのを思い出した。田島幸平は、雑誌社から、伊豆のスケッチを、頼まれていた筈《はず》である。仕上げなければならないというのは、そのスケッチのことではなかったか。

矢部は、伊豆のスケッチを依頼した、F社に、電話をかけてみた。

電話はすぐかかった。

「確かに、田島先生に、伊豆のスケッチを、お願いしたのは、私のところですが」

と、相手はいった。

「あの絵に、何か、問題があったのでしょうか？」

「いや、そうじゃありません。そのスケッチが、おたくへ、届けられた日を、知りたいのです。あの事件のあった日じゃ、ありませんでしたか？」

「事件？」

と、相手は訊き返してから、

「いや、違いますよ。先生が、亡くなられる四日前に、頂戴《ちょうだい》しています」

「四日前？　本当ですか？」

「本当です。田島先生が、ご自分で、届けて下さったので、よく憶《おぼ》えているのです」

相手の声は、確信に満ちていた。信じるより仕方がない。問題の絵は、伊豆のスケッチではなかったのだ。

矢部は、礼を述べて、電話を切った。疑問は、疑問のままに、残ってしまった。しかし解決する必要がある。

個人的に、頼まれた絵だろうか、と、考えてみる。この考えは、確率が、薄いようだった。妻との間に、離婚問題が、持ち上っている時である。個人的に、絵を引き受ける気持に、なれる筈がない。もっと、公的な色彩を持った絵だったに違いない。

考えられることが、二つある。一つは、田島幸平が、個展を開く予定だったのではないか、ということである。もう一つは、彼の属している、「新紀会」で、展覧会があり、それに出品する作品を、どうしても、描き上げる必要があったということである。この二点とも、新紀会の会長である吉川三郎に会えば、解答が、得られるに違いない。

矢部は、吉川三郎に会うことにした。絵のこともだが、田島幸平や、井関一彦のことをいろいろと訊《き》いてみたくも、あったからである。

吉川三郎は、田園調布《でんえんちょうふ》に邸《やしき》を構えていた。

二百坪位はある、宏壮《こうそう》な邸宅である。矢部は、大理石造りの玄関に立って、画家というものは、こんなに儲《もう》かるのだろうかと、最初に、それに感心した。

玄関に入って、先ず、矢部を迎えたのは、二匹の土佐《とさ》犬である。矢部は、吉川三郎が、犬好きだったことを思い出した。犬が消えると、代りに、大柄な書生が現われて、矢部を洋風の応接間に、案内した。ストーブが、真赤に燃えている。矢部は、クッションの効いたソファに腰を下して、吉川三郎が、現われるのを待った。

吉川は、真赤なトックリのセーターを着て現われた。白髪が、赤いセーターに良く似合っていた。五十六歳ということだが、確かに若く見えた。顔に、艶《つや》があった。矢部は、吉川三郎が、バーで、ホステスの肩を抱いている写真を見たことがあったのを、思い出した。

「展覧会ですか？」

吉川は、ソファに腰を下してから、煙草をくわえた。矢部が吸ったことのない、外国煙草である。

「十一月に展覧会を開くのは、東日会だけですよ。うちとは、何の関係もない団体です」

「田島幸平が、個展を開くという予定は、なかったのですか？」

「聞いていませんね。それに、田島君は、春に、個展をやったばかりです。秋にまたやるというのは、考えられんですよ」

吉川三郎は、穏やかに、否定して見せた。

矢部は、失望が、一つ一つ重なっていくのを感じた。結局、田島幸平が、事件の前日、どんな絵を描いていたのか、判らないのだ。

矢部は、考えを変えてみた。「仕上げる」という言葉から、極く自然に、絵のことを連想したのだが、「仕上げる」という言葉で表現される作業は、絵に限らない。彫刻の場合にも使われるし、写真でも、「仕上げる」という筈である。

「田島幸平が、絵の他に、彫刻や、写真を、やっていたということは、ありませんか？」

「聞いたことが、ありませんね」

吉川三郎は、言下に否定した。

「田島君は、そんなに器用な人間じゃありませんでしたよ」

矢部は、吉川の言葉を、信用せざるを得なかった。田島幸平のアトリエや、書斎から、彫刻や、写真器具が、発見されたという報告は、ないのである。

しかし、疑問はそのまま残っている。

事件の前日、田島幸平は、一体、何を、「仕上げる」積りだったのだろうか。それとも伊集院晋吉の証言は、出鱈目《でたらめ》だったのか。

五

矢部は、質問を変えた。

「先生は、田島幸平のこともですが、以前、新紀会の会員だった、井関一彦のことも、よく、ご存知だと思いますが？」

「知っていますよ」

と、吉川は、頷《うなず》いて見せた。

「会を辞めてから、暫《しばら》くして手紙を貰《もら》ったことがあります。現在は、旅館業に専念していて、絵のことは、もう忘れてしまったというような文面でした」

「先生から見て、井関一彦は、どんな人間に見えました？」

「難しい質問ですね」

吉川は、顎《あご》に手を当てて、考える表情になった。微笑は、相変らず、口元に漂っている。

矢部は、吉川三郎のことを、「親分肌」と形容してあった記事のあったことを、思い出した。昔の会員のことを、悪くいいたくはないと思い、適当な言葉を、探しているのだろうか。

「真面目で、器用な絵を描いてましたね」

吉川が、いった。矢部には、当り障りのない言葉に聞えて、不満だった。

「それだけですか？　マイナスの面もあれば、話して頂きたいんですが？」

「そうですね。余り欠点は、いいたくありませんが、器用貧乏なところがありましたね。絵に、個性がなかった。これは、画家として、非常な弱点です。どんな絵でも描けたが、井関君の絵という特別なものがなかった。

それを、自分でも自覚して、絵を止めたのかも、知れませんね」

「死んだ田島幸平は、井関一彦と比べて、いかがでした？　画家としてでも、人間としての比較でも結構ですが」

「二人は、非常に対照的でしたね。人間的にも、画家としても」

吉川三郎は、二本目の煙草に、火を点《つ》けた。

顔が、紅潮して見えるのは、話に、興が乗って来たのかも、知れない。

ね。


「井関君が、非常に器用だったのと逆に、田島君は、会員の中で、一番、不器用でした
絵もですが、人間関係でもね。そんなことで、会員の中で、田島君のことを、我儘《わがまま》だとか、傲慢《ごうまん》だといって、敬遠する者があったのだと思います」

「素人だったということも、敬遠される理由だったんじゃありませんか？　新紀会の会員は、殆《ほとん》ど全部、美大出身者だそうですから」

矢部は、遠慮のないいい方をした。吉川三郎は、眉《まゆ》を寄せた。

「芸術を愛する人間に、そんな、学歴による偏見はありませんよ」

と、いったが、何となく、説得力の欠けた声になっていた。

「それは、とにかく……」

吉川は、嫌な問題から、早く離れたいというように、話を進めた。

「田島君は、不器用だったが、それを補って余りある強烈な個性を持っていました。田島君でなければ、描けない絵を描いていた。これが、彼を有名にした力ですね」

「二人の仲は、どうでした？」

「非常に、仲が良かったですね。私の見た限りでは井関君が、兄の立場で、田島君の方は、井関君に兄事していたようです。田島君は、田舎者を自認していたし、井関君の方は、色々と世間のことを知っていましたからね」

「田島幸平が、田舎者を自認していた、というのは、どういうことですか？」

「田島君が、子供の頃、百姓をやっていたということもありますし、万事に、無頓着《むとんちゃく》で、色々なことを、知らなかったこともあります。

例えば、画家は、油絵具の性質について、神経質でもあり、色々と、調べるものです。白《ホワイト》という色一つにしても、シルヴァ・ホワイト、ジンク・ホワイト、それに、チタニウム・ホワイトと、様々な色合があるわけです。そうした、複雑な色を、どう使って、絵に効果を与えるか。画家は、それに神経を使います。また、溶き油のことも、大切です。

絵具を、ただ溶けばいいわけじゃありません。溶き油には、揮発性の強いものと、乾きの遅いものがあります。それぞれ一長一短があって、使いわけが難しいものです。

ところが、そうしたことに、いたって無頓着だった。あり合わせのものを使って、平気でした。知識もあまりなかったでしょうが、無頓着だったというのが、適当でしょう。もっとも、絵は、五色の絵具さえあれば、描けるとは、いえますが」

「井関一彦の方は、どうでした？」

「その点でも、田島君とは、対照的でしたね。

絵具一つについても、ひどく神経を使っていたようです。美大の学生の頃から、高い外国製品を使っていたようだし、何処そこの材料店に、新しい外国品が入荷したと聞くと、真先に駆けつけるといった具合でした。逆にいえば、そうした、余りにも神経質なところが、井関君の絵を、型にはまった、妙にせせこましいものに、してしまったといえるかも知れませんね」

「絵具は、国産より、外国品の方が、優秀なのですか？」

「今のところは、絵具に限らず、溶き油にしても、筆にしても、外国の物の方が、優秀ですね。まあ、むこうは、長い伝統があるのだから、仕方がありません」

「田島幸平と、井関一彦は、お互いを、ライバル視していたようですか？」

「さあ、それは、どうでしょうか？」

吉川は、曖昧《あいまい》ないい方をした。新紀会の会長としては、迷惑な質問だったようである。

「絵描きにとっては、全てが、ライバルであり、同時に、友人でも、ありますからね」

他には、答えようがないといった、いい方だった。しかし、田島幸平にとって、新紀会の会員は、果して、親しい友人だったろうか？　あの、事務所を訪ねた時の、冷たい空気からは、それを、感じることができないのだが。田島にとって、友人として接し得たのは、井関一彦と、江上風太の二人ぐらいでは、なかったろうか。

矢部が考えていると、今度は、吉川三郎が質問してきた。

「江上君が、依然として、行方不明のままなのですが、警察では、調べてくださっているのですか？」

「調べております」

と、矢部はいった。

「まだ、確信はできませんが、江上風太氏の失踪《しっそう》は、田島夫妻の事件に、関係があると、思われるのです。従って、あの事件の真相が判明すれば、江上風太氏のことも、自然に判ってくるものと、思っているのですが」

「事件の真相というと、あの事件は心中ではなかったというのですか？」

吉川は、眼を大きくした。

「殺人事件の可能性も、出て来たのです」

矢部は、あっさりといった。

「殺人？　ということは、井関君が、田島夫妻を、殺したというのですか？」

吉川三郎は、信じられないと、いうように肩をすくめて見せた。

「井関君が、他人を、しかも、友人夫妻を殺すなんてことは、私には、信じられん。殺したという証拠は、ないのでしょう？」

「今のところは、ありません。だから、色々と、お伺いに参上したわけです」

「私の話の中に、井関君が、犯人だという証拠でもありましたか？」

吉川は、自分が、口にした言葉を、確める眼付きになっていた。不安気な表情になったのは、下手なことをいってしまったのではないか、と考えているからなのだろう。

矢部は、「さあ」と、微笑したが、ふいに吉川三郎の顔が、激しく歪《ゆが》むのを見た。柔和な微笑は、完全に、消えてしまっている。大きく開いた眼に、動揺と、怯《おび》えの色があった。

「どうなさったんですか？」

矢部が、訊《き》いた。

「何でもありません」

吉川は、周章《あわ》てていい、ぎこちない笑い方をした。

「一寸《ちょっと》、胃が痛んだだけです。最近、胃潰瘍《いかいよう》の気がありましてね。もう大丈夫です。痛みは止みました。ところで、何度もいうようですが、井関君は、人殺しのできるような人間じゃありませんよ。あの事件は、絶対に、殺人事件なんかじゃありません。私は、そう、信じています」

六

吉川邸を辞したとき、既に、街には、夜の気配が、漂っていた。その上、雨が降り始めていた。が、矢部は、濡《ぬ》れるのが、苦にならなかった。彼の頭を、吉川三郎のことが、占領していたからである。

吉川三郎の顔に、突然浮んだ、あの狼狽《ろうばい》の色は、一体、何を意味しているのだろうか？

考えられることは、一つしかない。

吉川三郎は、自分の喋《しゃべ》った言葉の中に、何か、重大な意味を、読み取ったのだ。

吉川は、あの事件が、心中事件と、信じている。だから、無理心中を証拠だてるような言葉だったら、狼狽したり、怯えたりは、しなかった筈《はず》だ。彼が、狼狽したのは、それが殺人事件を、証拠だてるものだったからに違いない。

証拠という、はっきりしたものでなくとも心中事件と、矛盾するものだったことだけは確かな筈だ。だから、吉川三郎は、狼狽したのだ。胃潰瘍だと、見えすいた嘘を吐いたり、絶対に、殺人事件の筈がないと、殊更、強調したことに、吉川の狼狽ぶりが、表われている。

吉川三郎の言葉の中の、どれが、彼を、狼狽させたのだろうか。矢部は、小雨に濡れながら、考え続けた。

吉川が、最初に、話してくれたことは、展覧会のことだが、これは、否定的な話なのだから、狼狽になるとは思えない。残るのは、井関一彦と、田島幸平の、性格の違いについての話だけである。あの話の、何処に、吉川三郎は、狼狽したのか？

矢部の顔が、一層、難しくなった。歩きながら、煙草を咥《くわ》えた。が、火を点《つ》けるのを忘れている。

事件全体に、影響を与えるようなことではあるまい。それなら、話す前に、吉川は、気付いた筈だ。話し終ってから、気付いたということは、小さな矛盾だということを示している。小さいが、殺人事件の可能性を示す矛盾だ。

あの事件の、何処に、関係してくるのだろうか？　事件の発端か？　田島夫妻の間の、不和を助長するのに、田島幸平の、性格が影響していたことは、充分、考えられる。しかし、それが、そのまま、殺人事件の証拠なり裏付けには、なりはしない。むしろ、田島幸平の、我儘《わがまま》な性格は、無理心中の可能性を示す度合の方が、強そうである。発端でなければ、破局へ進んだ、経緯の中だろうか？

矢部は、事件の、一つのポイントである、青酸加里の問題を考えた。小久保薬局の主人は、何といったのだったか。

（田島さんが、絵に光沢を与えるのに、青酸が、どうしても必要だと、おっしゃったので、お売りしたんです）

小久保薬局の主人は、確か、こう証言した筈である。勿論《もちろん》あの主人は、脅かされ、金を貰《もら》って売ったに決っているが、絵に光沢を与えるという理由は、田島幸平が、一つの言い訳けとして、薬局の主人に、話したに違いない。画家らしい、理由づけだ。

（しかし……）

と、矢部は、首をかしげた。吉川三郎の話では、田島幸平は、絵具や、溶き油のことに無頓着《むとんちやく》で、知識も、なかったという。そうした人間が考えたにしては、少し、うがち過ぎた、言葉ではあるまいか。むしろ、画材に神経質だったという、井関一彦が、考えそうなセリフではないか。

矢部は、立止って、煙草に、火を点けた。

（吉川三郎も、それに気付いて、狼狽したのではないか？）

青酸加里の問題に、トリックがあり、それに、井関一彦が、絡んでいることが判れば、殺人事件の確信は、強まるし、井関が、犯人だという確率も高くなる。

（あの青酸加里の件には、何か、カラクリがあるのかも知れない）

しかし、それが、何であるかということになると、矢部の推理は、壁にぶつかってしまう。劇薬購入者名簿にあった、田島幸平の署名は、本人のものだったし、田島幸平が、小久保薬局へ入ったことは、田島麻里子に、目撃されている。しかも、そのときの、田島幸平は、落着かず、周囲を気にしていたと、日記に記されている。それは、毒薬を買う男の姿だ。

（小久保薬局で、青酸加里を入手したのは、田島幸平に、間違いない）

矢部の結論は、そこへ、行かざるを得ない。

（しかし、絵に光沢を与える為にという、理由づけは、田島幸平とは、結びつかない。このセリフは、井関一彦のものだ）

この二つの考えは、結びつきそうに見えない。しかし、何処かで結びつくかも知れないのだ。そして、結びつけることができたら、今、矢部の前に、立ち塞《ふさ》がっている壁の一つが、崩壊するかも知れないのだ。

矢部は、やっと、雨の冷たさを、感じ始めた。

七

矢部は、二日ぶりに、家に帰った。不規則な生活に馴《な》れている、妻の文子は、当り前のように、夫を迎えた。

矢部は、上るとすぐ、炬燵《こたつ》にもぐりこんだ。

「霙《みぞれ》になっている」

と、矢部がいった。

「どうりで、寒いと思いましたわ」

文子は、夫の肩に、丹前を掛けながら、頷《うなず》いて見せた。

「ご飯は?」

「外で、済ませて来た。ユカリは?」

「もう、とっくに寝ましたわ。十一時を過ぎていますもの」

「十一時……」

矢部は、苦笑した。九歳の子供の起きている時間ではなかった。

矢部は、腹這《はらば》いになって、煙草を咥えた。

「文子」

と、呼んでから、

「私が、浮気したら、お前は、どうするね?」

と、聞いた。

「さあ」

文子は、お茶を入れながら、笑った。

「どうしましょうかしら……」

「どうしましょうかじゃ困るね。私を許すかね？　それとも、離婚するかね？」

「どちらでも。貴方《あなた》が、許して欲しいと、おっしゃれば、許してあげます。離婚したいとおっしゃれば、離婚にも、応じてさしあげますわ」

「勝手にしろ」

矢部は、苦笑した。

「信用のあるのも、時には、考えものだな」

「何か、事件のことですの？」

「半月前の、例の事件さ。女の心理という奴が、どうも苦手でね。お前に、聞いてみようと思ったんだが、どうもね」

「その事件なら、私も、気になっていることが、あるんです」

「何かね？」

「田島麻里子さんと、いいましたか？　女の方は。あの方の、ご主人を許せなかった気持も、判るんですけど、新聞を読んだ感じでは少し、きつ過ぎるような気がするんですよ。三年間も、愛し合っていらっしゃったんでしょう。裏切られたのは、ショックでしょうけど、同時に、できるなら、許したいという気持も、働くと思うんですよ。それが、なかったというのは、女の方も、少し、我儘な性格だったんじゃないかしら？」

「成程ね。ああなったのには、田島麻里子にも多少の責任ありと、いうわけか。そうすると我家では、最初の浮気は、許して貰えるわけだね？」

「さあ、それは、どうでしょうかしら」

文子は、笑って、台所へ立ってしまった。

矢部は、起き上って、妻の注いで呉れたお茶を飲んだ。

考えなければならない。と、自分に、いい聞かせた。

突破口らしきものは、見つかったが、壁はまだ厚い。殺人事件の確信は、強まっても、証拠は摑《つか》めていない。吉川三郎を訪れた帰りに、警視庁へ、寄ったが、仙台から電話は、入っていなかった。

江上風太の死体は、まだ、発見されていないのだ。

発見されないのは、江上風太の死体だけではない。

事件の前日、田島幸平が、仕上げようとしていた絵が、何なのか、判ってはいない。

青酸加里の問題では、矛盾する二つの考えが、そのままになっている。

田島麻里子の日記は、依然として、井関一彦を守っている。

矢部は、考えているうちに、何時の間にか眠ってしまっていた。

八

眼が覚めると、カーテンの隙間から、柔らかい、朝の陽ざしが、覗《のぞ》いていた。枕元の時計は、八時を指している。矢部は、横になったまま、煙草に火を点けた。

隣の部屋から、妻の文子と、一人娘のユカリの話し声が、聞えてくる。どうやら、今日は、課外授業に、近くの植物園へ行くらしい。

ユカリの声が、すねている。聞いていると、お昼のお弁当を入れていく、バッグが、大き過ぎると、文句をいっているのだ。

矢部は、そのバッグが、従妹《いとこ》からの、貰いものだったことを思い出した。型が、旧式なのである。それでも、去年までは、遠足の時に、黙って持って行ったのだが、小学三年生ともなると、子供なりに、色気も生れ、流行にも、敏感になるものらしい。

「今日は、これで我慢なさい」

と、文子がいっている。

「大きい方が、お弁当や、お菓子が、沢山入って、いいじゃありませんか。大は、小を兼ねるといって、昔から……」

矢部は、聞いていて、おやおやと、思った。

小学三年生の子供に、大は小を兼ねるという、昔の諺《ことわざ》が判るだろうか。

やがて、「行ってきます」という、ユカリの声が、聞えた。

どうやら、あの旧式なバッグで、我慢させられたらしい。母親というものは、たいしたものだと、矢部は、ひとりで感心した。

彼だったら、子供のいうままに、新しいバッグを買いに、朝の町を、駆け出す破目に、なっていたに違いないからである。

（それにしても、大は小を兼ねるとは、大袈裟《おおげさ》なことをいったものだ）

矢部は、ひとりでくすっと笑ったが、「大きい」という言葉から、ふと、井関一彦が、仙台に持ち帰った風景画のことを、思い出した。

江上風太は、あの絵は、田島幸平の失敗作だといい、井関が、遺品として、選んだ理由が、不審だといっていた。素人の矢部の眼にも、百号のあの風景画は、大きいだけが、取り柄のような絵に見えた。

井関一彦は、何故、あの風景画を、選んだのか？　井関自身は、旅館の壁に飾るのに、大きな絵が、いいのだといったし、実際、旅館の壁に掛っている、あの絵を、矢部は、見てきた。

井関は、嘘を吐いてはいない。しかし、あの絵が、「観日荘」という旅館に、ふさわしかったとは、矢部には、思えなかった。

ホテルなら大きい絵もいいが、和風の旅館には、大き過ぎて、暑苦しい感じだった。もっと、あの旅館にふさわしい絵が、アトリエに、いくらでもあった筈《はず》である。旅館の経営者でもあり、絵を描いたこともある井関が、それに、気付かなかったとは、考えられない。それなのに、井関は、あの風景画を選んだ、何故だろう？

あの絵でなければならない理由が、あったのだろうか？

まさか、大は、小を兼ねると考えたからではないだろう。絵は、お弁当や、お菓子を入れる、バッグではないのだから。

（いや、待てよ）

矢部は、吸殻を、灰皿に捨てると、蒲団《ふとん》の上に、起き上った。絵は、ボストンバッグの代りにならないだろうか？

矢部は、あの事件で、一枚の絵が消失していることを、思い出した。田島麻里子の日記に出てくる、『M子の像』である。事件直後に、田島邸を捜してみたが、発見できなかった。そのとき、田島幸平自身が、死ぬ前に、焼き棄ててしまったに違いないと、矢部は、考えていたのだが、この考えは、果して、正しかったのだろうか？

完成された絵は、額縁に入っているために、ひどくかさばった印象を与える。事件直後に捜したときも、そんな先入感が、矢部の頭にあったことは、否めない。しかし、八十号の大作も、額から外し、裏打ちされている木枠を取り去れば、絵具を、なすりつけた一枚の布片に過ぎないのだ。

井関一彦が、何等かの理由で、『M子の像』の発見されるのを嫌ったとする。田島夫妻を殺したあとで、『M子の像』を、隠そうとする。真先に、考えつくことは、ストーブに投げ込んで燃やしてしまうことである。

しかし、田島邸のストーブは、最新式の石油ストーブで、物を燃やすようには、できていない。また、無理に燃やせば、絵具を焼いた異臭が、後に残り、十五分後に駆けつけた警官に、不審を抱かせた筈である。

矢部は、十五分間の余裕しか、井関には、なかったことを、考えた。心理的には、もっと、短い時間だった筈である。庭を掘って、埋める時間はなかったろうし、掘り返した土は、警官に、怪しまれる。一枚の布片にして絨毯《じゅうたん》の下に隠しても、発見される恐れがある。

そこで、井関は、他の絵の中に、隠すことを考えたのではないか。『M子の像』は、八十号の大きさである。とすれば、隠す方も、大きな絵でなければならない。それで、百号の風景画を選んだのではないか。あの風景画の下に、一枚の布片とした肖像画を、滑り込ませて、元通り、額縁に入れてしまえば、外見からでは、二枚の絵が、入っているとは、わかりはしない。勿論《もちろん》、仔細《しさい》に点検すれば、画面の盛り上りかたに、妙な点を、発見できたかも知れないが、あのときの矢部には、そこまで、丁寧に調べる気持がなかった。殺人事件の確信が、ないときだったからである。

井関が、風景画の下に、『M子の像』を隠した理由は、もう一つあったに違いない。『M子の像』を、田島邸から、外部に、持ち出す手段としてである。彼は、あの事件が、無理心中となり、釈放されることを予期していたに違いない。釈放された後、遺品として、あの風景画を譲り受ければ、難なく、『M子の像』を、田島邸の外へ運び出せる。

あとは、ゆっくり、燃やしてしまえばいいのだし、友人としての申し出を、遺族が、無下に断わる筈がないという、計算も、していたのではあるまいか。実際には、遺族の方から、葬儀の参列者に、遺品が、分けられた。井関は、一層、たやすく、絵を持ち出すことができたのだが。

井関一彦にとって、あの、箱根を描いた風景画は、絵ではなくて、もう一枚の絵を、田島邸から運び出す、ボストンバッグだったに違いない。

矢部は、そこまで考えてきて、壁に突き当るのを感じた。彼の推測が当っていたとしても、何故、井関が、『M子の像』を運び出す必要があったのか。何故、その肖像画が、発見されるのを嫌がったのか。矢部には、判らないのである。顔を、真赤に塗り潰《つぶ》された、『M子の像』が、発見されることは、無理心中の可能性を強め、井関にとって、有利だった筈である。その絵を、何故、井関は、風景画に隠して、持ち去ったのか？

（判らないな）

と、呟《つぶや》いてから、顔を洗う為に、蒲団を離れたが、ふと、矢部は、頭に閃《ひらめ》くものを感じた。

（肖像画を持ち出したのは、それを発見されることが、井関にとって、不利だったからだ。顔の部分に、赤絵具を塗りつけられた絵なら、発見されても、井関にとって有利になる。それが、不利だったということは……）

『M子の像』は、赤絵具で、塗り潰されていなかったのでは、ないだろうか？

九

何かが、判りかけて来たようだった。矢部は、顔を洗うのも忘れて、もう一度、蒲団の上に、坐《すわ》り直してしまった。二十年近い刑事生活の中で、何度か感じたことのある、或《あ》る予感が、彼を捉《とら》えていた。

はっきりとは、判らないが、事件解決への曙光《しょこう》のようなものを感じるのである。

矢部が、今、摑《つか》んだのは、小さな手掛りである。それも、証拠のない、推測にしか過ぎない。井関一彦が、『M子の像』を、持ち出したという証拠はない。今となっては、それを証明する方法もない。しかし、推測は、可能だし、積み重ねていくことによって、あの事件に、新しい光を与えることが、可能だ。

矢部は、今、自分が、カードの城を、造り上げようとしているのを、知っている。カードでは、相手を、突き刺すことは、できないが、考えてみれば、井関一彦も、田島麻里子の日記という、一種のカードの城に、守られているのである。カードによって、他のカードを崩すことは、可能な筈である。

矢部は、発見した、突破口にしがみついた。『M子の像』は、赤絵具で、塗り潰されてはいなかった。その想像を、押し進めてみようと、考えた。

すぐ、この推測は、矛盾する事実に、ぶつかる。田島麻里子の見た絵は、顔の部分が、赤絵具で、塗り潰されていた筈である。彼女が、日記に、嘘を書いたとは、思えない。

(田島麻里子が見たときは、赤絵具で、塗り潰されていたのだ)

この前提は、崩れない。しかし、事件の日、『M子の像』は、塗り潰されては、いなかったに違いない。だから、井関は、風景画の下に隠して持ち出したのだ。

(赤絵具は、どうなったのか?)

想像は、一つのことを暗示している。

（誰かが、事件の日までに、肖像画を、修復したのだ）

他に考えようはない。では、一体、誰が、そんなことをしたのだろうか？

田島麻里子でないことは、はっきりしている。彼女は、家を出てしまっていたのだし、絵を修復する技術も、持っていたとは、思えない。

井関一彦は、自分の不利になることを、する筈がない。時間もない。

残るのは、田島幸平だけである。彼ならば時間も、修復の手段も、持っていた筈である。

矢部は、「実話日本」の記者、伊集院晋吉の言葉を思い出した。彼は、事件の前夜、田島幸平に会い、そのとき、「今日中に、仕上げなければならないものがあるから」と、面談を、断わられている。田島幸平が、仕上げなければならなかった絵とは、新しい絵のことではなくて、修復していた、『M子の像』のことでは、なかったろうか。そう考えれば個展や、新紀会の展示会の予定がなくても、「仕上げる」という言葉が、納得できるのである。

矢部は、着替えを始めた。調べてみなければ、ならないと、考えたのである。靴下を穿《は》きながら、

「めしにして呉《く》れ」

と、怒鳴った。

十

朝食を済ませると、矢部は、再び、吉川三郎を訪ねた。

吉川は、警戒するような眼で、矢部を迎えた。

「何度、来られても、あの事件が、心中事件だという、私の確信は、変りませんよ」

と、吉川は、かたくなな調子でいった。

「井関君が、人を殺す筈《はず》が、ありませんからね」

「今日は、別のことで、ご相談に、上ったんです」

矢部は、努めて、静かな口調でいった。

「絵の修復のことなのですが……」

「ほう」

吉川は、一寸《ちょっと》、はぐらかされたように、首をかしげた。

「傷のついた絵のことですか？」

「肖像画なんですが、子供が、いたずらしてその上に、赤絵具を、塗りつけてしまったのです。それで、元通りにしたいんですが、どうしたら、いいでしょうか？」

「貴方《あなた》の肖像ですか？」

「いや」

矢部は、笑った。

「私の顔は、肖像になる顔じゃありません。美人の肖像です。簡単に、元通りになりますか？」

「簡単には、いきませんね。原画を傷つけないように、塗りつけられた赤絵具を、落とさなければ、ならないのですからね。

ナイフで、赤絵具を、けずり取ってもいいが、この方法だと、原画に、傷をつけてしまう恐れがあります。

一番いいのは、溶き油を使って、根気良く赤絵具を、抜き取っていくことです。

この方法なら、下手をして、カンバスを傷つけることもない。ただ……」

「ただ、何です？」

「良質の溶き油を使わないと、原画が、変色してしまう恐れがあるのです。完全な性能を持った、溶き油が、なかなか無くて、私も、困るときが、あります。下手をすると、黄変したり、色が褪《あ》せたりしますからね。外国品で、いい乾性油があるんですが、なかなか入手しにくいので」

「他に、修復のときの注意は、ありませんか？」

「ありますよ。絶対に、その絵を描いた本人が、修復すべきです。それが、一番安全です。

もっとも、故人の場合は、どうしようもありませんが、その場合でも、故人の絵を、良く理解している人に、頼むべきです」

「判りました」

と、矢部はいった。

「参考になりました」

「本当に、あの事件に、関係のないことなのですか？」

吉川は、疑わし気に、矢部の顔を、覗《のぞ》き込んだ。矢部は、曖昧《あいまい》に、微笑した。それが、答の積りであった。

矢部は、吉川三郎に別れると、その足で、神田の「実話日本社」を訪ねた。伊集院晋吉は、相変らず、前の喫茶店で、時間を潰していた。

「貴方が、田島幸平に会ったときのことで、もう一度、教えて貰《もら》いたいことが、あるんですがね」

矢部は、相手に、煙草をすすめてから、早口に、いった。

伊集院晋吉の顔が、一寸、動いた。

「無理心中と、決った事件に、いやに、熱心ですね。何か、あるんですか？」

「何もないが、ただ、貴方の記事に、興味があってね」

「成程」

伊集院は、にやっと、笑って見せた。

「それなら、そうしましょう。ところで、何が、訊《き》きたいんです？」

「この前、伺ったとき、貴方は、事件の前夜に田島幸平に会ったといった。そのとき、田島幸平の手が、絵具で、汚れていたと、いいましたね？」

「いいましたよ。その通りだから」

「そのとき、田島幸平の手に付いていた絵具が、何色だったか、憶《おぼ》えていませんか？」

「絵具の色ですか？」

伊集院は、予期しなかった質問だったとみえて、眼を大きくして、訊き返した。

「そうです。絵具の色です。何色だったか、思い出して、欲しいのですがね？」

「赤ですよ。田島幸平の手が、赤く染っていたんです」

伊集院は、それがどうした？　というように矢部の顔をみた。

「それは、確かですか？」

「確かですよ。赤に、間違いありません」

「まさか、貴方は、色盲じゃないでしょうね？」

「疑い深いんですね。何なら、運転免許証を見せましょうか？」

「いや、結構です」

矢部は、苦笑したが、内心では、伊集院から得た答に、満足していた。期待していた答だったからである。

矢部が、礼をいって、喫茶店を、出ようとすると、

「一寸、待って下さい」

と、伊集院が、ふいに、呼び止めた。

「何です？」

「今度は、僕の方が、お願いがあるんです」

伊集院は、妙に、真剣な眼になって、矢部を見上げた。

「あの事件に、何があったか、教えて下さい」

「何にも、ありませんよ」

「嘘だ」

「……………」

「ねえ、刑事さん。僕は、ご覧のような、ゴロツキです。実話日本社の正式な社員でもないし、トップ屋なんて、颯爽《さっそう》としたものでもありません。あること、ないこと、デッチあげて、それで喰《く》ってるヤクザな人間です。人間の屑《くず》です……」

「私は、忙しいから……」

「もう一寸、聞いて下さい」

伊集院は、立ち上って、矢部の腕を摑《つか》んだ。

余り、強い力ではない。振り離して帰ることは、簡単だったが、何となく、それを躊《ちゅう》躇《ちょ》させるものがあった。相手の眼に、暗い翳《かげ》に似たものを、見たからかも知れない。

「こんな僕にも、一つだけ、夢があるんですよ。夢というより、夢みたいな、といったらいいかも知れん。本当の特ダネを、この手で摑んでみたいという夢がね。チンピラ女優が、結婚したとか、離婚したとかいう奴じゃなくて、大新聞に、でかでかと載るような特ダネです。こんなことを考えるのは、感傷に過ぎないことは、判っています。しかし、一度は、やってみたい。酒も女も忘れて、追いかけられるような事件に、ぶつかってみたい。そのチャンスを、貴方が、持って来てくれたんです。貴方なら……」

「残念ですが」

矢部は、固い表情でいった。

「私には、貴方の感傷の手助けをする時間も力もない」

矢部は、相手の腕を振りほどいた。伊集院は、大人しく、また、テーブルに腰を下した。が、その眼に浮んだ翳は、消えてはいなかった。

矢部は、喫茶店を出て歩きながら、軽い心の負担が生れたのを感じた。あの男は、事件を追うに違いない。彼自身を賭《か》けて。それを止めることは、矢部にはできない。

第八章

一

矢部は、課長に説明した。

「二つの推測が、可能だと思うのです。

田島幸平は『M子の像』を修復したに違いありません。伊集院晋吉の証言によれば、事件の前夜、田島幸平に会ったとき、彼の手は、赤絵具で汚れていたそうです。田島幸平が、肖像画を塗り潰《つぶ》している赤絵具を、落としていたのだと考えれば、この証言は、頷《うなず》くことができます。田島幸平は、細君や、井関と、会う日までに、『M子の像』を、修復するつもりだった。このことは、更に二つの推測を、可能にします。

第一は、田島幸平が、無理心中を、考えていなかった、ということです。もし、無理心中する気だったら、その前夜、肖像画を修復するなどということは、しなかったでしょう。第二は、田島幸平の心に、細君に対する愛情が残っていたということです。それも、無理心中によって、全てを清算しようなどという、暗い感情ではなかったに、違いありません。井関にも、それは、判っていた筈《はず》です。修復された肖像画があったのでは、田島幸平が、細君を憎んでいたことが、証明できなくなる。だから、百号の風景画を、ボストンバッグの代りにして、田島邸から、運び去ってしまったのです」

「面白い考えだが、君の推測が、当っているとしてだね。田島幸平は、何故、肖像画を、修復する気になったのだろうか？」

課長が、訊いた。矢部は、

「あの絵は、田島夫妻にとって、愛の象徴だったわけです」

と、いった。

「恐らく、田島幸平は、修復した肖像画を、細君に見せて、自分の愛情が、少しも、変っていないことを、判って貰いたかったのだと思います」

「しかし、あのとき、田島幸平は、井関を通じて、離婚を承知したと、麻里子に、伝えていた筈じゃなかったかね。離婚を承知した人間が、わざわざ、別れようとする女に、愛情を確認させるというのは、変な話だと、思うが」

「離婚を、承知したというのは、井関が、一方的に、田島麻里子に、伝えた言葉です。本当に、あのとき、田島幸平が、離婚に踏み切る気持になっていたかどうか、離婚を、承知したと、井関にいったかどうか、怪しいと思うのです。私は、むしろ、ただ、三人で、会いたいと、井関を通じて、細君に、伝えたかったのではないかと、思います。会ったとき修復した肖像画を見せて、細君に、考え直させる積りではなかったかと、思うのです。井関は、そのチャンスを摑まえて、二人を欺《だま》して、殺したのではないかと……」

「まあ、そう考えることも、可能だね。しかし、肝心の、青酸加里の問題は、どう解釈するんだね。殺意のなかった田島なら、何故、小久保薬局で、青酸加里を、購入したのだろうか？」

「あれにも、カラクリが、あると思うのです」

「どんな、カラクリだね？」

「肖像画を、利用した、カラクリです」

課長は、驚いた眼になった。

「肖像画と、青酸加里と、どう結びつくかね？」

二

「吉川三郎の証言によれば、田島幸平は、天才的な絵を描いたが、絵具や、溶き油といった画材には、無頓着《むとんちゃく》だったし、知識も、なかったといいます。絵を描く場合には、それでも、いいでしょうが、絵の修復になると、そうも、いかないと思うのです。天才は、必要としない代りに、細かい神経を使う作業と、絵具や、溶き油の豊富な知識が、必要となってきます。そうした知識のない田島幸平は、困惑したに、違いありません。誰かに、相談する必要があった。しかし、新紀会の会員は、彼を、敬遠するような態度をとっていたから、相談しにくかったと思うのです。それで……」

「井関一彦に、相談したに違いないというわけだね？」

「そうです。田島とは、反対に、新紀会の会員だった頃の井関は、絵具や、溶き油の知識が、豊富だったそうですから、田島の眼には、この上ない相談相手に、映ったと思うのです。

相談を受けた井関は、この機会を、最大限に、利用することを考えたに違いありません。

井関は、田島に、絵の修復には、絶対に、外国製の溶き油を使わなければ、いけないと教える。この言葉は、説得力を持っていたと思うのです。吉川三郎も、絵具や溶き油は、今のところ外国品の方が、優れているといっていました。

井関は、外国製の溶き油の優秀性を話してから、同時に、入手が難しいことも、話したに違いありません」

「そして、小久保薬局に行けば、その、外国製の油が、入手できると、教えたと、いうわけだね？」

「その通りです。薬局で、画材が入手できるというのは、妙な話ですが、そこは、上手《うま》く話したのだと思います。それに、田島幸平は、細かいことには、無頓着な性格だったといいますから、井関の言葉を、簡単に信じたと思います。その時の田島にしてみれば、優秀な、溶き油を入手して、肖像画が、修復できさえすれば、よかったのですからね。井関は小久保薬局の地図を、書いて与え、それから何時に訪ねたらいいと、時間も、指定した筈です。

井関は、同じ日、同じ時刻に、井の頭で、田島麻里子と、デイトを約束する。彼女は、否応《いやおう》なしに、夫の姿を目撃するわけです。

勿論《もちろん》、彼女が、夫の後を尾《つ》けることも、井関の計算の中に、入っていたと思うのです。田島幸平は、罠《わな》とも知らずに、小久保薬局に入る。

恐らく、薬局の主人は、井関に、買収されていたと思うのです。

田島は、そこで、外国製の溶き油を買った。

井関が、あらかじめ、小久保薬局の主人に渡しておいたものに、決っています。

本当に、外国品であったか、レッテルだけを、変えた国産品であったかは、判りませんが、問題は、そんなことより、田島幸平が、あの店で買ったものが、青酸加里ではなくて、単なる、絵具を溶かす油だったと、いうことです。

この計画によって、井関は、田島幸平を、殺人者に仕立て上げることに、成功したばかりでなく、彼自身、何の疑われることもなく青酸加里を、入手することが、できたのです。

薬局の主人は、溶き油を、田島に渡してから、貴重な輸入品だから、帳簿に、署名して欲しいという。これも、勿論、井関の差し金です。頁を開いて出せば、それが、劇薬購入者名簿とは、気付かない。署名させてから、あとで、青酸加里のハンコを押せば、田島幸平は、青酸加里を、購入したことになってしまうのです。

このことは、当然、帳面の上で、手持ちの青酸加里が、減少したことになります。

それだけの青酸加里を、井関一彦が、受け取っても、何の証拠も、残らないわけです。夫の後を尾けた、田島麻里子は、それを、夫に疚《やま》しいところがあるからだと、錯覚してしまったのです。彼女が、薬局に入ったとき、主人が、今日は、誰も来なかったと、主張したのも、そう答えた方が、彼女に、疑惑を起させる効果があると考えて、井関が、やらせたに違いありません。それに、薬局の主人は、我々に、絵の光沢を高めるために、青酸が、必要だと、田島幸平が、いったと証言しましたが、あれも、訝《おか》しいのです。あんなセリフを考えるのは、田島幸平よりも、絵具にうるさかった、井関一彦の方が、ふさわしい筈ですから。

この考えは、間違っていないと思うのです」

「面白い」

と、課長が、いった。

「非常に面白い、しかし……」

「小久保薬局の主人は、広島に帰ったそうですが、逮捕させて下さい。追及すれば、井関に頼まれたことを、自供すると、思うのです。そうなれば……」

「残念ながら、駄目だね」

「駄目……ですか？」

「駄目だ」

課長は、重い口調で、いった。

「確かに、君の話は、面白いし、私も、君の考えが、正しいと思う。井関は、クロだろう。しかし、全てが、推測にしか過ぎない。

三

事件の前日、田島幸平が、肖像画を、修復していたに違いないというのも、推測だ。井関が、風景画を、ボストンバッグにして、肖像画を、運び出したというのも、推測に過ぎない。肝心の肖像画が、ない以上、井関が否定すれば、どうしようもない。青酸加里の件も同じだ。確かに、君の推理は、見事だし、全て、上手く説明がつくことも、認める。

しかし、推測であるという弱点は、無視できないよ。小久保薬局の主人を、逮捕しても否認されたら、我々は、どうしようもなくなるんじゃないかね。

絵具の光沢を高めるために、青酸を使うというセリフにも、同じことがいえると、思うのだ。確かに、君のいう通り、このセリフは、田島幸平より、井関一彦が、考えそうな言葉だ。私も、それを認めるし、恐らく、井関が考えたのだろうと思う。しかし、これは、絶対的なものじゃない。田島幸平が、考えたかも、知れないのだからね。君は、カードの城を作って、それによって、事件を解決しようとした。頭の中での解決なら、カードでもできるが、一人の人間を逮捕することは、カードではできない。それに、肝心なことが、一つ見落とされている」

「何ですか？　それは」

「動機だよ。井関一彦が、犯人だとしたら、動機は、どう解釈するんだね？　彼に、田島夫妻を、殺さなければ、ならない理由が、あったろうか？

それが、解明されなければ、どれだけ、素晴らしい推理でも、現実性がないと、私は思う。動機の説明は、つくのかね？」

「それは……」

矢部は、言葉に窮した。確かに、井関一彦が、犯人と考えた場合、動機の説明が、困難である。井関が、田島幸平を恨んでいたことは、充分考えられる。しかし、何故、麻里子まで、殺したのか。それが判らない。むしろ彼女を奪い取れば、井関は勝者になれたのだし、彼女自身、夫と別れて、井関の懐に、飛び込んでくる筈《はず》だったのだ。それなのに、何故、井関は、二人を殺したのか？

三年前、井関は、自分の愛が破れたのを知って、仙台へ帰った。その後、彼女に対する愛が消えずにいたことは、仙台で、幾つかの縁談を断り続けてきたことで判る。その彼女を、今度こそ、手に入れられることになったのだ。それなのに、何故、毒殺したのか？

「しかし……」

と、矢部は、声に出して、いった。

「私は、井関一彦が犯人だと、確信しています。彼が犯人である以上、動機は、ある筈です。我々を、納得させてくれる動機が」

「私も、そう思うが、現在、動機が不明だという事実に、眼をつぶることはできないのだよ」

課長は、相変らず、固い声を出した。

「それを判って欲しい。我々は、間違いを犯すことができないのだ。一度、心中事件と断定した事件を、殺人事件に、切り換えるには確固とした証拠が必要だからね。推測は、あくまで、カード遊戯だ。殺人事件は、ゲームじゃないのだから、カードで解決はできない。

そんなことは、君には、よく判っている筈だが……」

「勿論、判っています」

矢部は、頷《うなず》いた。が、判ったのは、彼の理性であって、感情的には、納得できない何かが、残っている。それは、刑事としての感情ではなくて、矢部の個人的な感情であるかも知れない。私心だが、それだけに、矢部自身にも、制御しにくい感情であった。それが、自然に、表情になって、表われていたのかも知れない。課長は、難しい顔を崩して、

「休暇は、まだ半日残っている筈だよ」

と、いって笑って見せた。

「十二時間あれば、何か、証拠が摑《つか》めるんじゃないかね？」

四

十二時間。

矢部は、歩きながら、十二時間という長さを、噛《か》みしめた。短かすぎると思う。殺人事件の証拠を摑むには、短かすぎる時間だ。

十二時間が、空しく過ぎれば、矢部は、この事件から、完全に、手を引かなければならない。そして、井関一彦は、安全圏に逃げ込んでしまうのだ。あとには、無駄に費やされた、三日間の空白だけが、残る。

矢部は、焦躁《しょうそう》が、深まるのを感じた。足が自然に早くなったが、何処へ行けばいいのか、矢部にも判っていないのである。

矢部には、あの事件が、殺人事件だという確信がある。井関一彦が、田島夫妻を毒殺したのだ。江上風太も、間違いなく、井関に、殺されている。それなのに、このまま、十二時間すぎれば、矢部は、引き退《さ》がらなければならない。証拠が欲しいと思う。井関一彦が、田島夫妻を殺した動機が、知りたいと思った。

しかし、一体、何処へ行けば、それを摑むことが、できるだろうか？　できるなら、広島に飛んで行って、小久保薬局の主人を摑まえ、どんなことをしてでも、井関に頼まれたことを、自供させたいと思う。しかし、十二時間では、広島へ、往復することは、難しいし、小久保を摑まえても、彼は、否認するだろう。昔のように、拷問してでもというやり方は、許されていない。

江上風太の死体が、発見されたという報告も、まだ、仙台から入っていなかった。せめて、彼の死体が、発見されれば、死体そのものが、一つの証拠になる筈なのだが、と、そんなことさえ、矢部は、頭の隅で、考えていた。何でもいい、井関一彦を、追い詰める武器が、欲しかった。何でもいい。

矢部は、足を止めた。警視庁前の道を、三宅坂《みやけざか》に向って、歩き続けていたのである。冷たい風が、お濠《ほり》を渡って、吹きつけて来る。冬の風であった。腕時計は、十二時を過ぎていた。休暇は、あと十一時間半しかない。

それまでに、何かを摑むことが、できるだろうか。課長は、十二時間あれば、証拠が、見つかるかも知れないといってくれたが、その言葉が、単なる慰めの言葉であることは、矢部にも、判っている。二日半の間、矢部は証拠を摑むことが、できなかった。

あと半日で、それが可能だという保証は、何処にもない。

(証拠と、動機……か)

矢部は、暗いお濠の水に向って、その言葉を呟《つぶや》いてみた。勿論《もちろん》、答はかえって来はしない。答は、矢部自身が、見つけなければならないのである。果して、見つけることが、できるだろうか。自信はなかったし、時間が少しずつ、流れて行くにつれて、自信のなさも深くなっていくようだった。

矢部は、気持を落着けるために、煙草を咥《くわ》えた。一つずつ考えてみようと思った。

（まず、動機だ）

井関一彦には、田島夫妻を殺す動機が、ないように見える。しかし、矢部は、井関が、田島夫妻を殺したのだと、確信している。動機は、ないのではない。ただ、隠されていて、表面に、浮び上っていないだけではないのか。

矢部は、三年前、井関一彦が、仙台へ帰った事情を、調べる必要を感じた。現在のところ、愛していた麻里子が、田島と結婚することになったことに、ショックを感じて、東京から、姿を消したことになっている。しかし、果して、それだけの事情だったのだろうか？

もし、他に理由が、あったのなら、それが事件に、新しい光を投げかけてくれるかも知れない。

矢部は、もう一度、四谷の、新紀会の事務所を訪ねた。

閑散とした事務所には、相変らず、二、三人の若い画家が、寒そうにストーブに手をかざしていた。壁には、一月前に終った、展覧会のポスターが、汚れたまま、貼ってあった。

ベレーをかぶった、長身の青年は、この前訪ねたときに、応対してくれた男だった。矢部の顔を見て、軽く頭を下げたのは、顔を憶《おぼ》えていたからだろう。口の大きな矢部の顔は、憶え易くできている。

「井関君が、仙台に引込んだ事情について、詳しいことは、知りませんが」

と、その青年はいった。

「脱会届が、後から送られて来たのですが、それには、自分の才能の限界を知ったし、家業の方に、力を尽くさなければならない事情もあるからと、書いてあったのを、憶えています。しかし、今度の事件が、起きてみると、女性の問題が、理由だったようですね」

「井関一彦が、脱会する頃、何か、会の中で事件のようなものが、ありませんでしたか？」

矢部は、ストーブの、赤い火を見つめながら、質問した。田島麻里子のために、東京を去ったという結論では、動機の解明が、できないのである。その他に、何かが、なければならない。

「事件なんか、ありませんでしたよ」

と、青年はいった。

「井関君が、会を辞めたのは、個人的な事情だった筈です」

「新紀会の会員であった頃、井関一彦が、田島幸平を、恨んでいたと、いうようなことはありませんでしたか？」

「まあ、なかったと思います。二人は、仲が良かったですからね。女性のことがなければ、二人の友情は、ずっと続いていたに、違いないと思いますよ」

傍にいた、会員も、青年の言葉に同調した。

誰もが、田島麻里子のことで、井関が、新紀会を辞めて、仙台へ、引込んだと、考えているようだった。それ以外の答は、彼等からは、得られそうになかった。

矢部は、失望して、新紀会の事務所を、出た。貴重な時間が、空しく消えたのだ。矢部は、歩きながら、疲労が、次第に深まっていくのを感じた。

五

街には、夕闇が、拡がっていた。矢部の腕時計は、既に、六時を指している。時間は、あと、六時間しかない。

矢部は、浅草田原町を歩いていた。モデルをやめた、桑原ユミが、この近くで、バーを始めたと、聞いていたからである。彼女も、事件の関係者の一人である。会えば、何かが、得られるかも、知れない。期待は、薄かったが、ただ、手をこまねいているよりは、ましであった。それに、酒を飲みたい気持でもあった。

問題の店は、地下鉄田原町駅から、歩いて二十分程のところにあった。小さな店だが、立地条件はいい。扉には、「みつこ」と、平仮名で、店の名前が、書いてあった。

矢部が、扉を押して、中へ入ると、カウンターの向うにいた、和服姿の女が、「あらっ」と、いうように、大きな眼を向けた。桑原ユミだった。ひどく大人びて見えることに、矢部は、驚いた。事件直後に会ったときは、肉感的なだけで、頭の余り強くない小娘にしか見えなかったのだが、和服姿で、カウンターの後に納っている姿は、貫禄《かんろく》がつき、マダム然として見える。

「たいした貫禄だね」

矢部は、ハイボールを頼んでから、お世辞でなくいった。この女は、思ったより、利口なのかも知れないと、思った。

そうだとすると……

矢部は、運ばれて来た、ハイボールに、口をつけてから、何となく、店の中を見廻《みまわ》した。

時間が早いせいか、客は、矢部一人だった。

「随分、金が、掛ったろうね」

と、矢部はいった。

「その金は、貯めたのかね?」

「まあね。それに、その気になれば、スポンサーは、見つかるものよ」

「死んだ田島幸平から、手切金を貰《もら》って、それで、店を始めたという噂も、聞いたがね」

「そりゃあ、貰ったわ。向うから別れてくれっていったんだから」

「どの位、貰ったの?」

「それは、いえません」

桑原ユミは笑いながらいった。

しかし、矢部は、笑わなかった。

考えたことが、一つあったからである。

「一つ、訊《き》きたいことがある」

「どんなことかしら？」

「死んだ田島麻里子は、匿名の手紙を貰っていた。その手紙から、君と、田島幸平の関係を知ったんだが、その匿名の手紙を、書いたのは、君じゃないのか？」

桑原ユミの顔が、一瞬、こわばったが、それは、すぐ、笑顔に戻った。

「ご名答よ」

と、彼女はいった。

「あの手紙は、あたしが、書いたのよ」

「何故、自分のことを、書いて知らせたんだね？　まさか、何も知らない田島麻里子が、可哀そうになったからじゃないだろう？」

「あたしは、そんな、お人好《ひとよ》しじゃないわ。お金が欲しかったからよ。奥さんが、騒ぎ出せば、田島さんは、周章《あわ》てて、あたしとの間を、清算しようとする。そうなれば、手切金も、ふっかけられると、計算したのよ。手切金の方は、手に入ったけど、まさか、あんな騒動になるとは、考えてもいなかったわ」

桑原ユミは、眉《まゆ》をひそめて見せた。しかし別に、そのことに、責任を感じているようには、見えなかった。罪悪感といったものは、ないらしい。

矢部は、煙草に火を点《つ》けた。が、そのとき壁に掛っている一枚の絵に、気づいた。四号程の、小さな風景画だった。矢部が「おやっ」と思ったのは、そこに描かれてある風景に、見憶えがあったからである。

雪景色になっているが、間違いなく、仙台の青葉城跡である。

矢部は、顔を近づけて、署名《サイン》を見た。ローマ字で、「T. GOTO」と、なっている。

「この絵は？」

と、矢部が訊いた。

「後藤《ごとう》というのは、どんな人？」

「さあ」

「知らないのか？」

「お店に来るお客様から、頂いた絵なんですよ。この絵、お気に入って？」

「まあね。この絵の場所に、行って来たばかりなんだ」

「仙台へ？」

「仙台って、よく判るね？」

「そりゃあ、この絵、仙台の青葉城跡でしょう？」

「君は、仙台に住んでいたことがあるのか？」

「何故？」

「この絵が、青葉城跡だと、知っているし、君の言葉には、東北の訛《なまり》が、感じられるからね」

「あたしは、青森、青葉城跡は、この絵を呉《く》れた人が、教えてくれたのよ」

「成程ね」

矢部は、もう一度、眼の前の風景画に、視線を向けた。二日前、矢部は、あの城跡に立って、仙台の街を眺めていた。そして、今、桑原ユミの経営するバーで、青葉城跡を描いた絵を眺めている。

これは、単なる、偶然の一致だろうか？

「どうなさったの？」

桑原ユミが、矢部の顔を、覗《のぞ》き込んだ。

「急に、考え込んだりして」

「この絵を、二、三日、貸して、貰えないかね？」

矢部は、風景画に、眼を向けたままいった。

「ゆっくり、眺めてみたいんだ。いい絵だからね」

「相手が刑事さんじゃ、断れないわね」

と、桑原ユミが、笑った。

「でも、見あきたら、返して下さいね」

六

矢部は、その絵を持って、もう一度、吉川三郎を、訪れた。吉川は、矢部の顔を見ると一寸《ちょっと》、眉をひそめたが、それでも、仕方がないというように、応接室に、招じ入れた。

「また、あの事件のことで、いらっしゃったんだろうが、私の考えは、変っていませんよ」

と、吉川は、先手を打ったいいかたをした。

「井関君が、殺人を犯すなどということは、私には、考えられない。いや、井関君に限らない。新紀会の会員で、そんなことをする者は、一人もおらん筈《はず》です」

「今日は、そんな殺風景な話で、伺ったのじゃありません。先生に、絵を見て頂きたいのです」

「絵を……？」

「この絵ですが」

矢部は、借りてきた風景画を、吉川の前に置いた。

「ふむ」

と、吉川は、絵を睨《にら》むように見た。

いつの間にか、傲慢《ごうまん》な、審査員の眼になっている。

「器用には、描いてあるが、筆に、勢というものが、感じられないな、小さく、まとまり過ぎている」

「この、後藤という画家は、ご存知ですか？」

「いや、知りません」

「素人の絵だと思いますか？　それとも、正式に、絵を習った人の絵だと、思いますか？」

「素人の絵じゃないね。絵具の使い方なんか細かく、神経を使っている」

「この後藤というのが、井関一彦の変名だと思われませんか？」

「井関君の？」

吉川三郎は、眼を丸くした。

「そうです。井関一彦の絵に、似ていませんか？」

「井関君のね……」

吉川は、改めて、風景画を睨んだ。

「似ていないこともない」

暫《しばら》くして、吉川三郎は、ぼそっとした声でいった。

「小器用にまとめてあるところは、井関君の絵に似ている。しかし、もともと、井関君の絵が、個性のない絵でしたからね。断定は、できませんね」

「可能性は、あるわけですね？」

「それは、あります。この絵を、井関君が描いたものだと、いわれれば、私は、そのまま信じたかも知れません。しかし、世の中には同じような絵を描く人もいますからね。井関君のものと、断定することは、無理だと、思います。それに、井関君は、仙台へ帰ってから、絵は描いてない筈ですよ。私の受け取った手紙にも、絵筆を捨てて、旅館業に、専念していると、書いてありましたからね」

「そういうことに、なっているようですね」

矢部は、自然に、皮肉な口調になっていた。

井関は、誰に向っても、絵筆を捨てて、旅館業に、専念していると、称している。

しかし、実際には、絵筆を捨て切れずに、いたのではあるまいか。

もし、「T. GOTO」が、井関の変名なら、矢部の推測が、当っていることになる。

勿論《もちろん》、井関が、変名で、絵を描き続けていたとしても、それは、別に、咎《とが》められることではない。問題は、井関が、それを、隠していたことである。そこに、矢部は、秘密の匂いと、今度の事件に関係があるのではあるまいかという、疑惑を感じるのである。

吉川三郎は、矢部のいい方が、気に触ったらしく、

「井関君が、変名で、絵を描いても、別に罪には、ならんでしょう?」

と、詰問口調でいった。

「確かに、その通りですが、絵が描きたいのなら、井関の名前で、描けばいいと思うのです。変名を使った上に、わざわざ、絵筆を捨てたと、皆に公表する必要は、ない筈です」

「それは、新紀会を脱会したので、本名では照れ臭かったのでしょう」

「そうも、考えられますが……」

矢部は、言葉の途中で、苦笑した。矢部だけでなく、吉川三郎まで、「T. GOTO」が、

井関一彦の変名だと、決めてかかって、議論していたことに、気付いたからである。考えてみれば、井関一彦の変名と、決ったわけではなかったし、「T. GOTO」という画家が、ちゃんと、別に居るかも知れないのである。

吉川三郎も、それに、気付いたらしく、苦笑して見せてから、

「とにかく、私には、可能性があるとしか、いえません。断定は、無理です」

と、それが、結論のように、大きな声で、いった。

七

矢部は、吉川三郎のいった、可能性に、賭《か》けてみようと思った。時間がなかった。賭けることも、必要だった。

矢部は、警視庁に戻ると、仙台の北警察署へ長距離電話をかけた。向うの電話口に出たのは、仙台へ行ったときに会った、署長である。

矢部が、名前を告げて、先日の礼をいうと、

「あの写真の男のことですが……」

と、北警察署の署長がいった。

「いまだに、あの男と思われる死体は、発見されんのです。県警とも連絡をとって、宮城県一帯も、一応、調べて貰《もら》っているんですが」

「そうですか……」

矢部は、頷《うなず》いたものの、失望は、隠せなかった。

江上風太は、死んでいるに決っている。

しかし、死体は、一体、何処に隠されてしまったのだろうか。

「ご期待に、添えんで申しわけないと、思っているのですが」

「とんでもない。だいたい、無理なお願いだったのです。見つからないのは、当然かも知れません。ところで、今日は、もう一つ、調べて頂きたいことがあって、お電話したのです」

「どんなことでしょうか？」

「恐らく、仙台市内に、住んでいる人間だと思うのですが、後藤という画家が、いるかどうか、調べて頂けませんか？　これも、漠然としたお願いで、恐縮なんですが。名前の方は、イニシャルが、Tとしか判らんのです」

「後藤という画家ですね？」

「正式に、絵を習っている筈ですから、職業は、画家になっていると、思うのです」

「一寸待って下さい。その名前に、聞き憶《おぼ》えがあるのです」

「聞き憶えがある……？」

「ああ、思い出しました。一週間程前の新聞に、名前が、出ているんです。確か、自殺したとかいう、記事だったと思います。調べてみますから、一寸、待って下さい」

電話の声が、一旦《いったん》、途切れた。矢部は、受話器を耳に当てたまま、複雑な表情になっていた。本当に、後藤という画家が、自殺したのなら、井関一彦の変名だという推理は、あっさり崩壊するわけである。吉川三郎に会って、意見を求めたり、仙台へ電話したことだって、無駄だったということになる。

「どうも、お待たせしました」

署長の声が、電話口に戻ってきた。かさかさと、紙の触れ合う音が聞えるのは、新聞を、持っているせいらしい。

「やはり、新聞に出ています。自殺ですね。記事を、読みましょうか？」

「読んで下さい」

と、矢部は、いったが、その声に、元気がなかった。別人と判れば、消息を聞いても、仕方のない人間である。読んで呉《く》れと、いったのは、一種の外交辞令であった。

「十一月二十六日の朝刊です……」

と、署長が、いった。

「ええと、二十五日夜、十一時頃、仙台市台原《だいのはら》××番地に住む、画家の後藤常夫《つねお》さんは、家に、火を放って自殺した。近所の人の話では、ノイローゼからの自殺ではないかと見られる……」

「二十五日……？」

矢部は、その日時に、引っかかるものを感じた。確か、江上風太が、仙台の旅館から、姿を消したのが、十一月二十四日だった筈《はず》である。後藤という画家は、その翌日、自殺している。

「もっと、詳しいことは、判りませんか？」

矢部が、訊《き》いた。

「別の新聞には、もう少し詳しく出ているので、そっちを読みましょう。ええと、後藤常夫さんは、全身に、ガソリンをかけて、それに火を点《つ》けて自殺したもので、火災を発見した人々も、手のほどこしようがなかった。

なお、前日、後藤さんは、近所の人々に、絵を配っているので、覚悟の自殺と見られている。死んだ後藤さんは、約二年前から、台原に住むようになったが、人嫌いらしく、近所の人達とは、殆《ほとん》ど、口を利いたことが、なかったといわれ、経歴についても、はっきりせず、風変りな人物視されている——と、こんなところですね」

「自殺と、決ったわけですか？」

「というのは？」

「死因に、疑わしいところは、なかったのでしょうか？」

「なかったようですね。不審だという報告は受けておりません。後藤常夫という画家に、何か問題があるのですか？」

「いや……」

矢部は、咄嗟《とつさ》に、どう答えたらよいかに迷った。北警察署の署長が、知らせてくれた、後藤常夫が、「T. GOTO」であるかどうかは、可能性はあるが、判定はできない。

死因といっても、同じである。矢部は、火ダルマ自殺という言葉に、ふと、疑惑を感じたのだが、それも、単なる思い過ごしかも知れないのである。

矢部は、受話器を握ったまま、腕時計に、眼をやった。十一時に近い。十一時五十四分上野発の、急行に乗れば、明朝七時〇五分に、仙台に着くことを、思い出した。休暇は、超過するが、仙台で、後藤常夫のことを、調べてみたいという欲求を強く感じた。そして、もう一度、井関一彦に、対面してみたい。

矢部の心に生れた疑惑は、火ダルマ自殺したという、後藤常夫の死体が、江上風太ではないかということである。勿論、これは、単なる空想にしか過ぎない。疑惑の根拠は、江上風太が、姿を消したのが、十一月二十四日で、その翌日、火ダルマ自殺が、行われたことである。後藤常夫と、江上風太を結びつける根拠としては、薄いのは、矢部にも、判っていた。

（しかし、これが、擬装自殺で、江上風太の死体が、処理されたのだとしたら……）

と、矢部は思った。仙台でそれが証明され、後藤常夫と井関一彦に関係があれば、待っていた証拠が、摑《つか》めることになる。

少なくとも、江上風太を殺害した容疑で、井関を逮捕することができる。

チャンスとしては、可能性は薄いが、最後のチャンスであることは、否定できない。

「もしもし」

電話の声が、矢部を呼んだ。矢部は、我に返ったように、周章《あわ》てて、礼を述べて、受

時間である。

矢部は、もう一度、腕時計を覗《のぞ》きこんだが、まだ、急行「あづま二号」に、間に合う
話器を置いた。

課長に話せば、反対されるに決っている。

矢部の推理には、極めて僅《わず》かな可能性しかないからである。それに、休暇もない。

矢部は、固い表情で、灰色の壁を睨《にら》んだ。最後のチャンスという言葉が、彼の頭を占領している。その気持に、井関一彦が犯人に違いないという確信が、交錯する。

矢部は、荒い眼になって、腕時計を眺めた。何度か、同じ状態に置かれたことがあったことを、矢部は思い出していた。

自分の確信のままに、会合を無視して、飛び出したこともあるし、決断のつかぬままに追いかけていた事件を、放棄したこともある。

確信に委《まか》せて、踏み切ることは、一つの賭けである。

決して、得にならない賭けだった。確信が当って、犯人が逮捕されても、独断で、行動したという理由で、訓告を受けるのが、オチだし、スタンドプレイと、見られかねない。

それでも、つい、踏み切ってしまうのは、矢部が、「刑事」だからだろうか。

矢部は、椅子から立ち上ると、ドアに向って、歩き出した。

八

その夜の「あづま二号」に、矢部は、乗った。滝見刑事にだけは、仙台行きを告げておいた。課長には、彼が、上手《うま》く、話してくれるだろう。

列車は、かなり混んでいた。矢部は、今日が、土曜日で、あったことを思い出した。客の中には、スキーを持った姿も見える。

矢部は、車内から、窓外の夜景に、視線を移したとき、ふいに、背後から、声を掛けられた。振り向くと、通路に、見憶えのある顔が、笑っている。「実話日本」の伊集院晋吉だった。

「仙台まで、同行させて下さい」

と、伊集院は、立ったまま いった。眼が光っていた。喫茶店で会ったときの、疲れ切った、濁《つ》りのある眼では、なくなっていた。

「私を尾けていたのか？」

矢部は、難しい顔でいった。

「尾けていたともいえるし、違うともいえます。貴方《あなた》が、あの事件を調べ直している以上、殺人事件の確信を得たに、決っている。とすれば、犯人は、井関一彦。それで、僕も、仙台へ行ってみようと、思っていたところだったんです」

「君が、仙台へ行くのは自由だが、邪魔は、しないで欲しい」

「判っています」

伊集院は、頷《うなず》いて見せた。

「僕だって、昔は、新聞で働いていたことがある……」

と、独り言のようにいってから、急に、歪《ゆが》んだ表情になったのは、自分で古傷に触れた為かも知れない。

「邪魔は、しませんよ」

それは、はっきり聞きとれる声でいった。

矢部は、頭をもたせかけて、眼を閉じた。

伊集院に対する怒りは、感じなかった。

むしろ、彼が感じたのは、苦笑だった。伊集院は、仙台行きに、賭《か》けているらしい。その点で、矢部の気持に、似ていないこともない。苦笑は、その為だった。

矢部は、眼を開けると、黙って、伊集院に煙草をすすめた。それが、苦笑の産物であった。

翌朝、七時〇五分。矢部を乗せた、急行「あづま二号」は、仙台へ着いた。晴れていたが、寒さは厳しかった。三日前に訪れたときより、冬の気配は、一層、深さを増したように思えた。

「君は、どうするね?」

改札口を、出たところで、矢部が、伊集院の顔を見た。伊集院の顔に、軽い狼狽《ろうばい》の色が浮んだ。

「どうするって、井関一彦に、会うんじゃないんですか？」

「いや、他に、行くところがある」

「何処ですか？」

「焼け跡を見物に行く積りだ」

「焼け跡？」

「来るかね？」

「勿論《もちろん》、連れて行って頂きますよ」

「いいだろう。だが、条件がある」

「勝手な行動をするなということでしょう？　承知です」

「その他に、君に頼むことがあるかも知れない」

「どんなことです？」

「それは、焼け跡を見てからのことだ」

それだけいって、矢部は歩き出した。伊集院晋吉は重荷だが、この重荷は利用できるかも知れぬと、考えていた。

後藤常夫が、住んでいたという、台原は、駅前からタクシーで、十分程の距離にあった。東京に比べて、街としての広がりの薄い仙台では、車を十分も走らせると、高層ビルは、姿を消して、郊外の感じに変った。

二人を乗せたタクシーの運転手は、新聞で「火ダルマ自殺」の記事を読んでいて、焼け跡の近くに、車を止めてくれた。

「自殺した人の、知り合いの方ですか？」

中年の運転手は、料金を受け取りながら訊《き》いた。矢部は、曖昧《あいまい》に頷いただけで、縄の張られたままになっている焼け跡を、覗き込んだ。

焼け跡は、きちんと、片付けられている。

誰かが、手向けたとみえて、朝の光の中に、野菊が、黄色く輝いていた。

周囲に、人家はまばらだった。「近所の人達は……」という言葉から、矢部は、東京のように、人家の密集した風景を考えていたのだが、実際の現場は、家と家の間隔が広く、東京でいう近所という感じではなかった。

絵を描くには、静かで、恵まれた環境のようだった。

「誰が、ここで、自殺したんです？」

伊集院が、訊いた。矢部は、焼け跡を見つめたまま、

「それを知りたいと思って、此処《ここ》へ来たんだが」

「確か、タクシーの運転手の話では、後藤とかいう男が、ガソリンを体にかけて……」

「本当に、そうなら文句はないがね」

「一体、あの事件と、どんな関係が、あるんですか？」

「私も、それを知りたいと、思っているんだ」

矢部は、難しい顔でいって、歩き出した。五十メートル程先に、巡査派出所があった。矢部が足を向けたのは、そこだった。

狭い派出所の中には、小太りな、中年の巡査が、退屈そうに、火鉢に手をかざしていた。

矢部は、声をかけてから、警察手帳を示した。巡査が、眼を丸くしたのは、本庁の刑事が、仙台まで、何の用事で、来たのかと、思ったからだろう。

「仙台には、休暇で来たのです」

と、矢部は、相手を固くさせないように、微笑を浮べて見せた。

「それで、たまたま、火ダルマ自殺のことを知って、寄ってみたのだが」

「あれには、私も、驚きました」

巡査は、大きな声でいった。

「あんな事件は、生れてはじめてでしたから」

「死体の確認は、誰が……？」

「私が、やりました。とにかくひどいものでした。なにしろ、ガソリンをぶっかけて、火を点《つ》けたんですからな。発見したときは、黒焦げで、顔も何も、まっくろけでした」

「その死体は、確かに、後藤常夫という画家だったんですか？」

「ええ。勿論」

「しかし、黒焦げで、顔も、はっきり判らなかったのでしょう？」

「そりゃあ、そうですが、後藤常夫に、間違いありませんよ。あの家で死んでいたんですからな。それに、前日、近所の人達に、絵を配っていましたから、覚悟の自殺と、いうことです」

「黒焦げの死体は、どうしました？」

「引きとり手がないので、近所の人達で、手厚く葬ってやりました」

「すると、死体は？」

「もう、小さな骨になって、無縁仏の墓の下で、眠っている筈《はず》です。いい、功徳をしてやったと、思っています。戒名は、何と、いいましたか。ええと――」

「いや、戒名は、伺わなくとも、結構です。それより、後藤常夫が、描いたという絵を見たいと、思うのですがね？」

「それなら、私も、一枚貰《もら》っていますよ」

巡査は、気軽く立ち上ると、背後の棚から一枚の油絵を取り出して、矢部の前に置いた。小さな風景画である。

「この近くの丘から見た景色です」

と、巡査は説明したが、矢部は、その言葉を聞いていなかった。矢部の眼は、「T. GOTO」と書かれた署名《サイン》に、向けられていた。

間違いなく、桑原ユミの店で発見した絵と同じ署名だった。

「後藤常夫という画家は、一体、どんな人間だったのですか？」

矢部は、巡査に視線を返した。

「そうですな」

巡査は、好人物らしい顔を、かしげた。

「とにかく、無口で、人づき合いは、悪い方でした。芸術家というのは、ああいう変った人が多いんですかね」

「年齢は、幾つ位でした？」

「三十二、三といったところですかね、中肉中背で、丸顔、太枠の眼鏡をかけていましたよ。それに、ベレー帽というんですか、ぺちゃんこの帽子を、かぶって――」

矢部は、巡査が、口にする形容詞を、井関一彦の印象に、頭の中で、当てはめてみていた。

眼鏡とベレーは違っているが、こうした附属品は、どうにでもなる。それより、中肉中背で丸顔という身体つきや、年齢は、一致しているが――

「後藤常夫の経歴は、全然、判っていないのですか？」

「それが、判らんのです。自殺した後で調べたんですが、住民登録もしていなかったのです。家主も、何か月か、家賃を前払いしてくれたので、身許《みもと》を調べずに、家を貸したらしいのですよ」

「毎日、絵を描いていたわけですか？」

「いや、自分でも、放浪性が強いとかいってましてね。家に居ないことが、多かったでかいってましたが」

「ええ。半月近く、姿を見せない時も、ありましたよ。何でも、北海道を旅行してたと

「家を空けている時間の方が、長かったというのですね？」

すが。絵描きには、ああいうのが、多いのかも知れませんな」

山下清《やましたきよし》のように。私から見ますと、何のために、家を借りたのか、判らんように考えま

す。そんなときは、絵の道具だけ持って、旅行していたんじゃないかと思います。あの

九

駐在の巡査と別れて、歩き出したときの、矢部の表情は、複雑だった。彼は、後藤常夫が、井関一彦の変名である可能性を考えていた。

年齢と、背恰好《せかつこう》は、似ている。丸顔である点もである。

後藤常夫は、殆《ほとん》ど、家に居なかった、というのだから、かけ持ちは可能だ。「観日荘」で、旅館業に励んでいるときは、此処では、山下清のように、放浪していることにすればいいのだ。

もし、井関一彦と、後藤常夫が、同一人物なら、二十五日の夜、ガソリンをかけて自殺したと思われる黒焦げの死体は、後藤常夫のものではない。江上風太の死体だった、という可能性が、強くなってくる。

（しかし――）

矢部は、気付くのが、遅すぎたのを感じた。黒焦げの死体が、発見されたときなら、行政解剖でも、何でもして、江上風太ではないかという疑問に答えることが、できた筈である。しかし、今となっては、どうしようもない。墓の下に埋められた、小さな骨片からでは、江上風太を再現することは、不可能だ。可能なのは、推理だけである。

仙台に来た、江上風太は、わざと、「観日荘」には泊らず、隠れて井関一彦を、監視していたのではないか。そして、外出する井関の後を尾《つ》け、彼が、後藤常夫に、変身するのを目撃した。そう考えれば、江上が、仙台市内の地図を欲しがった理由も、頷《うなず》ける。江上には、青葉城跡に近い、「観日荘」だけでなく、台原にある、後藤常夫の家も調べる必要が、できたのだから。

井関は、秘密を知られて、江上風太を殺した。死体の始末に困った井関は、自分の分身である、後藤常夫を自殺させることで、解決しようと考えた。そして、あの、火ダルマ自殺。素朴で、疑うことを知らぬ人々は、火葬にして、墓に埋めた。一種の完全犯罪が、こうして、成功した。

（しかし――）

矢部は、自分の考えが、また、壁に突き当るのを感じた。この推理が当っているとして井関一彦は、何故、面倒な変名を使って、絵を描き続けたのであろうか？　その答が、見つからないのである。新紀会を脱会したから、井関の名前で描くのは、遠慮されたのだろうという考えは、素朴すぎるような気がした。

もっと、深い理由が、ある筈なのだ。もっと深く、暗い理由が。

難しい顔で考え込んでいた、矢部の眼に、ふいに、燐光《りんこう》のようなものが、よぎった。

（判った――）

と、矢部は思った。しかし、それは、あくまで、後藤常夫が、井関一彦と、同一人物という前提に立っている。その前提を、まず確めなければならない。それには、井関一彦にぶつかってみることだ。

「これから、井関一彦に会う」

と、矢部は、伊集院晋吉にいった。

「そのときに、君に、一役買って貰いたいのだが」

第九章

一

矢部が、伊集院と、「観日荘」を訪ねると、迎えに出た井関一彦は、流石に、驚いた表情をして見せた。

矢部は、伊集院を、友人だと、紹介した。

「仙台が、気に入りましてね」

と、矢部は、微笑しながらいった。

「それで、また、お邪魔したんですが、今日は、井関さんに、青葉城跡を、案内して頂きたいのですが」

「よろしいですとも」

井関は、気軽くいった。

「喜んで、ご案内しますが、青葉城跡は、先日来られたときに、行かれたんじゃ、ありませんか？」

「ええ。ですが、もう一度、行ってみたいのです。あそこに立って、見下す景色は、素晴らしいの一語に、尽きますからね。もし、私に絵心があれば是非、描きたいと思います。貴方《あなた》も、そう思われるでしょう？」

「さあ」

井関は、曖昧《あいまい》に笑って見せた。

「仙台に戻ってからは、絵筆を、持ったことが、ありませんからよく判りませんね」

「そりゃあ、残念だな」

矢部は、わざと大袈裟《おおげさ》に、失望の表情を作って見せた。

「実は、貴方の最近描いた絵があったら、一枚、頂いて帰ろうと思っていたんですがね」

「僕の絵なんか、何の価値もありませんよ。本人の僕が、いうんだから確かです。世の中には、優れた画家が、沢山いますから、その方達の絵を集められたら、いいと思いますが」

「例えば、後藤常夫のような、ですか？」

矢部は、無造作にいって、強い眼で、井関の顔色を窺《うかが》った。一瞬、井関の肩が、がくんと落ちたように感じられたが、これは、矢部の錯覚だったろうか。

「ゴトウ・ツネオ――？」

井関は、ひどく、ぎこちない口調でいった。

「一体、誰ですか？　それは――」

「十一月二十五日に、ガソリンを身体にかけて、放火自殺した、若い画家です。貴方に、よく似た人だったらしい。新聞で、読みませんでしたか？」

「気が付きませんでした。近頃、忙しくて、新聞を、読まないので」

井関は、弁明する調子で、ぼそぼそと、いった。

矢部は、それ以上、追及するのを止めた。反応は、あったと思ったからである。

「それでは――」

と、矢部は、微笑を見せていった。

「今から、青葉城跡を、案内して頂けますか？　この友人が、一刻も早く、見たいというので」

「いいですよ。丁度、閑《ひま》ですから」

井関は、やや、落着きを取り戻した口調になっていった。

「すぐ、ご案内します。今日は、晴れていますから、仙台の街が、はっきりと、見渡せると思います」

二

風は止んでいたが、空気は、冷たかった。息を吐くと、それは、白い水蒸気になって、消えた。仙台平野を囲む山脈は、白く薄化粧を済ませていた。東北の冬の深まりは、東京の、それに比べて、一と月は早いようだった。

広瀬川を渡り、大手門の坂を上って行くと、青葉城跡の大手門脇櫓が、冬の陽ざしの中で、鈍く光っていた。

「最近は、青葉城と呼ばずに、仙台城と、呼ぶようになっています」

井関一彦は、並んで歩きながら、矢部と伊集院に、説明した。

子供の姿が、ちらほらと見えるだけで、観光客の姿はない。冬の青葉城跡は、観光の対象としては、不向きなのかも、知れなかった。

坂を上りきると、急に、展望が開けた。風が少し、強くなったように感じたのは、眼の前を、さえぎるものが、なくなったからだろう。眼下に蛇行する、広瀬川の、川面《かわも》が見え、その先に、南北に広がる、仙台の街が見えた。

「仙台城は……」

と、井関は、仙台の街に、眼をやりながら言葉を続けた。

「伊達政宗《だてまさむね》の造った城です。仙台の人達は、難攻不落だったことを、自慢しますが、一度も、戦火に遭わなかったのですから、これは当り前のことかも、知れません」

井関は、笑って見せたが、矢部は、笑わなかった。彼は、井関の説明を聞いていなかったからである。

「今から考えると、こんな場所に、城を造った神経が、判りませんね」

と、井関が、いった。

「物理的に見て、此処《ここ》を押さえることは、何のプラスにも、ならなかった筈《はず》ですからね。例えば、敵が……」

「井関さん」

矢部が、急に、相手の言葉をさえぎった。

その表情が、固かった。

「貴方に、此処へ来て貰《もら》ったのは、景色の説明をして、貰う為ではないのです」

「………」

井関は、一瞬、顔をこわばらせたが、次の瞬間には、にやにや笑い出していた。

「僕も、そんな予感がしていました」

と、井関は、乾いた声でいった。

「忙しい筈の刑事さんが、わざわざ、仙台まで、景色を眺めに来るのも、妙な話ですからね。それほど、此処は、魅力のある場所じゃない。伊達政宗の像にしても、俗悪そのものです」

井関は、小さな咳払《せきばら》いをして、靴先で、土を、蹴《け》るようにした。

「ところで、話というのは、一体、何ですか？」

「半月前の事件のことです」

矢部は、低い声でいって、煙草に火を点《つ》けた。

「田島夫妻が死んだ事件について、もう一度貴方と、話し合いたいと、思ったのです。

それには、人気のない場所がいい。だから此処へ来て貰ったのです。此処なら、自由に話し合えますからね」

「あの事件は、もう済んでしまったことですよ」

井関は、面白くなさそうに、眉《まゆ》をひそめた。

「それに、僕には、できるなら、思い出したくないことです」

「しかし、あの事件は、まだ、終っていないのです。それで、どうしても、貴方に、もう一度、思い出して貰わなければ、ならんのです」

「それは、どういう意味ですか？　僕には、よく判りませんが」

「あの事件は、心中事件として、一応、処理されました。新聞も、そう書いた。しかし、あの事件は、無理心中ではなく、殺人事件なのです。田島夫妻は、毒殺されたのです。その犯人は、まだ逮捕されず、悠々と、歩き廻《まわ》っている。だから、まだ終っていないと、私は、いったのです」

風が、また、少し強くなった。矢部の手にした煙草から、小さな火の粉が飛び、煙が流れた。井関は、それに、むせたように、低い咳払いをした。

「貴方は、僕が、二人を殺したという積りですか？」

井関は、矢部を睨《にら》んだが、矢部の顔色は、変らなかった。

「その通りです」

と、矢部は、いった。

「貴方が、二人を毒殺したのだ」

三

井関は、微笑した。

「貴方《あなた》は、前にも、僕を殺人の容疑で、逮捕しましたね。そのときも、色々と調べた挙句、僕の無実が、証明された筈です。あの事件は心中事件です。あの事件では、僕も、一種の被害者ですよ。愛していた女を殺され、僕自身も、危く、殺されかけたのですからね。

それなのに、貴方は、また、何の証拠も、確信もなく、殺人事件の蒸し返しをする積りなんですか？」

「蒸し返しでは、ありませんよ。新しく、貴方を、告発するのです」

「何の確証も、なしにですか？」

「私が、確証なしに、わざわざ、仙台まで来ると、思いますか？」

矢部は、強い眼で、井関を見詰めた。井関は、その強い視線に、押されたように、顔をそむけて、ぎこちない動作で、煙草を取り出した。マッチを擦る指先が、微《かす》かに震えているように見えた。火はなかなか点かない。

井関は、煙草を捨ててしまった。

「確証があるのなら、何故、僕を逮捕しないのです？」

「それは、私が、今、休暇中だからです。だから、できるなら、貴方に、自首して欲しい。

そう思って、此処に、来て貰ったのです」

「自首……？」

井関は、顔を歪《ゆが》めた。

「何の犯罪も犯していない僕が、何故、自首しなければ、ならないのです。警察の面子《メンツ》のためにですか？」

「貴方は、田島夫妻を殺している。それに、江上風太という画家もね」

「証拠がありますか？」

「私は、確証があるといった筈ですよ」

「どうせ、昔ながらの、刑事の勘という奴なんでしょう。そんな非科学的な推測だけで、殺人犯に、仕立てられたんじゃ、堪《たま》ったもんじゃない。あの事件は、全ての証拠が、殺人事件でなく、田島君の引き起した、無理心中だということを、証明していた筈じゃありませんか？」

「確かに、最初は、そう見えました。だから、我々も、まんまと、欺《だま》されてしまった。しかし、全てが、貴方の計画した犯罪だと、判ったのです。貴方を守った証拠が、見方を変えれば、逆に、貴方の綿密な殺人計画を証明する証拠に、変るのですよ」

「脅かさないで下さいよ」

井関は、笑って見せたが、その笑いには、力がなかった。

「僕には、殺人計画を立てるほどの、才能はありませんよ。僕が、一体、どんな殺人計画を、立てたというのですか？　それを聞かせて貰いたいものですね。きっと、面白い、お伽話《とぎばなし》になると思いますよ。僕が、アルセーヌ・ルパンになるんだから」

「勿論《もちろん》、話しますよ。その積りで、此処へ、来たのですからね」

矢部は、微笑した。一本目の煙草は、既に灰になっていた。

矢部は、ゆっくり、二本目の煙草に、火を点けた。

四

「貴方は、三年前、突然、東京から、仙台へ引込んでしまった。結婚した、田島夫妻に、祝福の手紙を残して。そのときの、貴方の気持が、どんなものであったかは、私には、想像するより仕方がないが、そのことは、後で話しましょう。その方が、事件の説明がしやすい。三年後、貴方は、田島麻里子から、手紙を受け取って、上京した。そして、田島幸平との間が、上手《うま》くいっていないこと、桑原ユミという女との情事を聞いた。貴方は、それを聞いて、ほくそ笑んだ。何故なら、貴方にとって、待ちに待ったチャンスが、訪れたからです。恐らく、貴方は、三年間、このチャンスを、待ち続けていたに違いない。違いますか？　貴方は、田島麻里子から、夫の情事を聞かされた時、彼女が、今でも日記をつけているかどうかを、質問している。何故、そんな質問をしたのか？　それは、貴方の計画にとって、田島麻里子が、日記をつけていることが、絶対に、必要だったからだ」

「詰らない邪推は、止めて下さい」

井関は、顔をしかめて見せた。

「あれは、彼女に、三年前のことを訊《き》かれ、彼女の日記を見たことが話題に上った。僕は彼女の日記を盗み見て、彼女を諦《あきら》めたんですよ。その話から、日記のことを……」

「確かに、貴方は上手い質問の機会を摑《つか》んだ。しかし、貴方が、今でも日記をつけているのかと、田島麻里子に訊いたことは、事実だ。それは否定しないでしょうね？　彼女は、日記に、何もかも書いているのだから」

「否定はしませんよ。しかし、訊いたことに特別の意味は、なかった。ただ、何となく、訊いただけです」

「何となくね……？」

矢部は、複雑な、笑い方をした。

「便利な言葉ですね。しかし、貴方は、彼女が、現在でも、日記をつけていたことを、知っていた。これは、確かだ」

「そのことは、別に、否定しませんよ」

「更にいえば、貴方は、彼女の日記が、自分を守る武器になることも、知っていた。違いますか？」

「それは、いいがかりだ」

井関は、眼を剝《む》いた。

「結果的に、彼女の日記は、僕を守ってくれた。しかし、最初から、僕が、それを考えて利用する気だったというのは、陰険な、邪推だ。第一、事実しか書いてない日記を、悪用することが、できる筈《はず》がないじゃ、ありませんか？」

「確かに、彼女の日記には、事実しか書いてない。彼女に、嘘を書く気はなかったと、思いますよ。しかし、それは、作られた事実だった。貴方が作った事実を、彼女は、日記に書いていたに過ぎないのです。いいかえれば彼女の日記は、貴方が、書いたに等しいことに、なるのです」

「冗談じゃない」

井関は、にやにや笑い出した。

「僕は、創造主じゃありませんよ。事実を作りあげるなんて、そんな芸当が、僕にできる筈がないじゃありませんか？」

「それが、貴方にはできた。できるだけの状況が、揃っていたからだ」

「一体、どんな状況です？　あのとき、僕が置かれていた状況が、どんなに結構なものだったか、教えてあげましょうか？　忘れなければならないと思っていた女に、僕は、三年ぶりに会っていたんですよ。その上、女は、夫との間が、気まずくなっていた。ひょっとすると、彼女は、僕の懐に、飛び込んでくるかも知れない。甘酸っぱい期待が、僕の心を占領した。同時に、それは友人を裏切り、傷つけることだ、ということも、僕には、判っていたのです。僕は、その二つの感情の板ばさみになって、困惑していたんです。

これが、あの時、僕の置かれていた、結構な状況ですよ」

「それは、貴方が、造り上げた、仮想の状況に過ぎないのです」

矢部は、無表情にいった。

「そして、貴方は、誰もが、そう考えるだろうと、確信していた。女に対する愛と、友情の板ばさみになっている男。それが、貴方が造り上げようと考えた、映像だった。貴方はそれに成功した。しかし、あのとき、貴方が考えていたことは、全然、別のことだった。

貴方は、板ばさみになって、困ってなどいなかった。貴方は、利用すべき状況を、冷静に、検討していたに、違いないのです。そして、自分にとって、好ましい状況であることを、知ったに違いない。田島麻里子は、夫と桑原ユミの関係を知って、悩んでいた。しかし、肉親に恵まれない彼女には、貴方以外に相談相手がなかった。一方、田島幸平の方にも、同じことが、いえたのです。

彼は、細君との和解を望んでいた。しかし新紀会での彼の立場は、異端者的なところがあった。会員は、江上風太を除いて、田島幸平を、敬遠していた。つまり、田島幸平も、貴方以外に、適当な相談相手が、なかったということです。結論をいえば、あのとき、貴方は、二人を、自分の思い通りに動かせる立場にいたのです。これが、あのときの、本当の状況です」

「………」

「貴方《あなた》は、それを、充分利用した。貴方は、まず、田島麻里子に、和解をすすめた。板ばさみになった男が、とるであろうポーズを示しながら。そのとき、貴方は、田島幸平に会って、彼の気持を確めてみることを、麻里子に約束しましたね。しかし、これは、ポーズではなかった。この提案の中に、貴方は、殺人への一つの計画を、潜ませていたのです。

それが、どんなものであったかは、その後に起った色々な出来事が、証明しています。貴方は、田島麻里子のために、田島幸平に会ったのではない。あのとき、ポケットに、赤絵具を潜ませて行ったに違いないのです」

「何故、僕が、そんなことを、しなけりゃ、ならんのです？」

「問題の肖像画の顔に、赤絵具を、塗りつける為にですよ」

「馬鹿馬鹿しい。あの肖像画に、赤絵具を、塗りつけたのは、田島幸平ですよ。彼が、僕と、彼女との間を、疑って、嫉妬《しっと》から、あんな真似をしたんです。田島君は、伊豆へ、スケッチ旅行に出掛けるといっておいて、僕と彼女の後をつけた。そして、僕達の間を誤解して、その怒りを、あの肖像画に、叩《たた》きつけたのです」

「そう考えたのは、いや、考えさせられたのは、田島麻里子だけです。貴方が、赤絵具を塗りつけておいて、彼女に、そう思わせたのです。

それに、伊豆のスケッチ旅行の件も、貴方が、造りあげた、一つのトリックだったのです」

「僕に、そんなことが、できる筈がないじゃありませんか？」

「簡単ですよ。あのとき、田島幸平が、細君に、桑原ユミのことを打ち明けて、許して欲しいといった。麻里子は、許すとはいわず、考えさせて欲しいと、いったのです。田島幸平が、不安になり、貴方に相談したことは、充分に考えられることです。貴方は、このチャンスを、利用することを考えた。まず、貴方は、麻里子を説得することを、約束した。

　田島幸平に、異議のある筈がない。彼は、貴方に、よろしく頼むと、いったに違いないのです。貴方は、ほくそ笑んだ。それから、説得の結果を、早く知らせたいから銀座の喫茶店にいるようにという。田島幸平は、細君には、伊豆へ行くと、書き残して、約束の時間に、銀座の喫茶店に腰を下した。貴方は、その時間に、彼女を喫茶店の向いのフルーツ・パーラーに、誘った。勿論、彼女を、説得するためではない。田島幸平が、二人の後を尾《つ》けているのだと、彼女に、思わせるためです。

　だから、話の途中で、貴方は、ふいに、向うの喫茶店にいるのは、田島君じゃないかと彼女にいったのだ。彼女は、まんまと、貴方のトリックに、引っ掛った。その前にも、貴方は、二人で会ったときに、田島幸平を、見たような気がすると、いって、彼女に、先入観を植えつけておいたから、彼女は、簡単に、だまされたのです。彼女は、夫に対する不信感を深め、憎しみを、抱くようになった」

「一寸《ちよつと》待って下さい」

井関が、あかい顔で、矢部の言葉をさえ切った。

「貴方のたくましい空想力には、感心しましたが、空想だけに、矛盾がありますよ。貴方は、僕が、田島麻里子を、説得するからといって、田島君を、喫茶店に、待たせておいたといった。

それなら、説得の結果を、彼に、知らせなければならない筈です。ところが、あの日、僕は、田島君と、口を利いては、いない。

これは、調べて貰《もら》えば、判ることです。だから、彼女は、欺《だま》せても、同時に、田島君を欺すことは、できなかった筈です。

この矛盾がある限り、貴方の考えは……」

「それが、貴方には、できたのですよ」

矢部の声は、落着いていた。

「その日の、彼女の日記には、こう書いてあります。夫の姿に気付いたとき、Iは、ハンカチを取り出して、額の汗を拭《ぬぐ》った。緊張と不安を、鎮めようとするかのように。とね」

「それが、どうかしたんですか？」

「貴方は、説得の結果を、早く知りたいならと、田島幸平を、喫茶店に、待たせておいた。

そして、説得の結果なるものを、知らせたのだ。言葉ではなく、ハンカチを、額に当てることによってね。恐らく、貴方は、田島幸平に、こういっておいたのだと思う。説得が、上手《うま》くいかなかったときは、ハンカチを、額に当てて見せるとね。成功のときは、どんなサインだったか、想像は色々にできるが、貴方には、必要がなかった。成功を知らせる必要は、なかったのですからね。

その夜、田島幸平は、江上風太と、ヤケ酒をあおっている。そのことが、貴方のしたことを、間接的に、説明していると、私は、思うのです。

それだけではない。貴方は、田島麻里子の心に、夫に対する不信と疑惑が生れたのを、利用して、次の行動に、移ったのです。貴方は、何気ない様子で、肖像画のことを、口にした。家に帰った彼女が、肖像画を、見るに違いないことを、予期してだ。彼女は、その夜、家に戻ると、貴方が暗示した通りに、アトリエに入って、肖像画を取り出した。貴方が、前もって、赤絵具を塗りつけておいた、肖像画をね。

彼女は、勿論《もちろん》、夫の仕業だと、考えた。

夫の自分に対する愛が消え、代りに、憎しみが生れたのだと思う。

そして彼女は、家を飛び出した。

貴方の計画通りにね」

「…………」

「伊豆のスケッチ旅行から帰って来た、田島幸平は、細君が、家を出たことを知った。おどろいたに違いない。そして、彼女の泊っているホテルを探し当てて、電話をかけた。帰って来て欲しいとね。だが、夫に対する疑惑にかたまっている麻里子は、会うことさえ拒絶した。田島幸平は、貴方に、相談するより、仕方がなくなる。彼にとって、貴方は、細君に和解を申し込む通路だったわけだ。

たった一つのね。貴方は、そうした立場を抜目なく、利用したに違いない。もう、田島幸平も、麻里子も、自由に動かせる人形のように、見えたに違いない。

貴方は、田島幸平に対しても、肖像画のことを、匂わせる。

彼は、暗示に従って、絵を見る。赤絵具の塗りたくられた絵をね。

田島幸平が、それを見て、どう考えたか、想像することは、簡単だ。勿論、貴方が、赤絵具を塗ったとは、思う筈《はず》がない。彼は、細君が、自分に対する憎しみから、そんなことをしたのだと、信じてしまう。貴方は、そこで、田島幸平の慰め役に廻《まわ》る。

貴方は、田島幸平に向って、こんな風に、いったに違いない。彼女が、家を出たのは、一時的な、感情によるものだ。だから、僕が上手く、彼女を説得する。その間に、君は、肖像画を修復したらどうだろうか。元通りにした肖像画を見せれば、彼女も、君の愛情が変らないことを、信じるのじゃないだろうかとね。

貴方のことだから、もっと、上手く、話を持っていったに違いない。田島幸平は、貴方が、和解に尽力してくれるものと信じて、自分は、肖像画の修復に当ろうと考えた。

そこで、貴方は、また、一つの罠《わな》を、田島幸平にかけたのだ。

それが、小久保薬局だ。画材の知識に乏しい、田島幸平に向って、貴方は、画の修復には、外国製の溶き油を使うべきだといい、輸入品で、いいのがあるからと、小久保薬局を紹介した。

地図をかき、訪ねるべき時間をいった。

細君との和解のことで夢中だった、田島幸平は、貴方の言葉を、少しも疑うことなく、従ったと思うのです。

一方、貴方は、その日、同じ井の頭で、麻里子と会う約束をする。田島麻里子が、いつも、約束の時間より少し早目に来ることを、貴方は知っていた。その性格を利用すれば、彼女が、一人で、貴方を待っている時に、バスから降りてくる、夫の姿を発見するように、仕向けることは、会う時間を調整しておけば簡単に、できることだ。

夫の姿を見た彼女は、疑惑と、好奇心から後を尾けるに違いない。貴方は、そう計算していた。その計算は、当っていた。貴方に、脅迫され、買収されていた、小久保薬局の主人は、貴方から、与えられた、溶き油を、田島幸平に渡し、劇薬購入者名簿に、署名させた。

また、後から来た、田島麻里子に向っては、わざと疑惑を招くような態度をとった。

貴方の計画は、まんまと、成功したのだ。

疑心暗鬼の虜《とりこ》になった彼女は、夫が、自分達を殺すために、毒薬を入手したに違いないと、信じてしまった。そして、貴方《あなた》に向って夫と離婚したい、といった。それは、貴方の待っていた言葉だったに違いない。

　貴方は、自分も彼女を愛し続けて来たのだと、告白する。情事の三角関係ができ上った。貴方は、彼女に向って、上手く話をつけると約束し、二日後に、田島幸平が、離婚を承知したという吉報を、彼女にもたらした。

　勿論、嘘だ。貴方は、田島幸平に向って、二人の和解を助ける友人のポーズを、崩さずにいたに違いないのだから。貴方は、田島幸平に向って、こういったに違いない。彼女を、やっと説き伏せたから、今度は、三人で、会おうじゃないか。それまでに、あの肖像画を修復しておいた方がいいとね。

　そして、事件の日、田島邸に、貴方と、貴方にあやつられた田島夫妻が、会合した。田島麻里子は、夫が離婚を承知したのだと信じ、田島幸平は、妻に、和解の気持が、あるのだと、信じていたに違いない。

　貴方は、まず、乾杯しようじゃないかと、持ちかける。そして、持参した酒を、二人のグラスに注いだ。

　田島麻里子は、夫が、すすめた酒なら、飲まなかったろう。彼女は、夫が、自分達を殺すために、毒薬を入手したと信じていたのだからね。

　貴方が、持参した酒だから、安心して飲んだ。そして、二人は、死んだ。

　貴方の計画は、完全に成功したのだ。田島麻里子の日記が、守ってくれるという確信が貴方にはあった。問題は、肖像画だ。修復された絵は、田島幸平に、殺意がなかったことを、証明する恐れがある。肖像画は、始末する必要がある。焼いても匂いが残るし、埋めても、後で持ち出すことができない。

赤絵具を、もう一度塗りつけても、乾き具合で、妙な疑惑を招く恐れがある。

そこで、貴方は、百号の風景画を、ボストンバッグ代りに使うという巧妙な手段を、考えついたのだ。

貴方は、唯一の不利な証拠である、肖像画を、葬儀の日に、田島邸から、持ち出すことに、成功した。恐らく、あの肖像画は、もう焼き捨ててしまったと思う。違いますか？

残されたのは、田島麻里子の日記だけになった。

夫との離婚を決意し、夫に殺されるのではないか、という不安に襲われ続けていた、女の日記だけにね。肝心の田島幸平は、死んでいて、証言ができない。貴方は、絶対に、安全だ。貴方は、そう確信したに違いない。事実、その通りだった。我々は、事件を、無理心中と考え、貴方を釈放してしまった。

貴方は、きっと、してやったと、ほくそ笑んだに違いない……」

五

「それで、終りですか」

と、井関が、吐き出すように、いった。

顔は、蒼《あお》ざめてはいたが、落着きは、失っていなかった。

「なかなか、面白かったですよ。確かに、面白い話です。しかし、貴方の推理には、致命的な欠点がある。その欠点が、単なる推理にしか過ぎないことを、はっきりと、証明していますよ」

「どんなことですか？　それは」

矢部は、井関の顔を見て、聞いた。

「動機ですよ」

と、井関は、わめくようにいった。

「僕に、あの二人を殺さなきゃならない、どんな動機があるというんです？

僕は、三年前、彼女が、田島幸平を愛しているのを知り、失恋の痛手を治《い》やすために、仙台へ帰って来た。絵筆を棄て、旅館業に専念したのも、彼女を、忘れたかったからですよ。

しかし、忘れられるものじゃなかった。

色々な人から、結婚をすすめられても、どうしても、その気になれなかったのは、矢張り、彼女の面影を、完全に消し去ることが、できなかったからです。彼女から、手紙を受けとったとき、僕は、複雑な気持でした。

彼女に対する未練が、心に残っていたからです。その僕が、どうして、田島幸平はともかく、彼女まで、殺さなきゃならないんです？」

井関は、矢部の顔を、睨《にら》むように、見てから、言葉を続けた。

「彼女は、離婚して、僕と一緒になる気だった。裁判沙汰《ざた》になったって、彼女は、勝った筈です。

僕は、愛し続けてきた彼女と、一緒になれるところだったんですよ。

それなのに、何故、僕が、二人を、殺さなければ、ならないんです？　確かに、三年前、僕は、田島幸平を恨みました。しかし、今度は、僕が、いわば勝者の立場だった。彼に、すまないという気持こそあっても、殺意など微塵《みじん》もありはしなかった。考えても、簡単に判ることじゃありませんか？　僕に、どんな動機があるというんです？

まさか僕が、あの一瞬だけ、狂気に襲われたなどと、いうんじゃないでしょうね？」

「そんな、詰らないことは、いいませんよ」

矢部は、笑った。

「動機は、立派にあるのだから」

「どんな動機があると、いうんです」

「それを、今、説明しましょう」

矢部は、ゆっくりといった。彼は、新しい煙草に火を点《つ》けて、遠い山脈を眺めた。

「今度の事件では、最初から、最後まで、情事の匂いが、ついて廻っていた。

最初は、田島幸平と桑原ユミの情事。

最後は、貴方と田島麻里子の情事だ。

モデルと、画家のスキャンダル。夫の裏切り。三年前の愛情が再燃した人妻と男。和解を望む夫と、離婚を決意する妻。全てが情事に関係している。週刊誌は、三角関係とか、四角関係とか、書き立てた。

誰が見ても、あの事件は、情事の果てに起きた事件としか見えなかった。

勿論《もちろん》、我々も、同じように考えた。しかしこう考える限り、貴方に、二人を殺す動機があるとは、思えない。そのために、貴方に対する疑惑を感じながら、私は、動機の点で、厚い壁に、ぶつかった。小さな穴のあるのを見つけたのは、桑原ユミが始めたバーで、青葉城跡を描いた油絵を見たからです。「T. GOTO」という署名《サイン》に、勿論、見憶《みおぼ》えはなかった。だが、青葉城跡を描いていることから、仙台に住んでいる画家ではないかと、考えたのです。そう考えているうちに、ふと、この、GOTO という画家は、貴方の変名ではあるまいかと、思い始めた。深い根拠があってのことではなかった。

動機の点で、行き詰っていた私は、何処でもいい、出口が欲しかったのですよ。

私は、その絵を、新紀会の会長である吉川三郎氏のところへ持って行った。

吉川氏は、貴方の絵に似ているといったが確言はしなかった。それでも、私は満足だった。可能性が、ある限り、諦《あきら》めることはないと思ったからです。

もし、「GOTO」が、貴方の変名だったらと、私は考えた。絵筆を棄てたと主張していた貴方が、実際には、変名で、絵を描き続けていたことになる。

勿論、そのことは、何の犯罪も、構成しない。変名で、絵を描くことは、誰にとっても自由な筈《はず》ですからね。

私自身も、昔、妙な筆名《ペンネーム》を使って、和歌を作り、雑誌に投稿したことが、あるくらいです。しかし、貴方の場合は、変名で、絵を描き続けていたことが、重大な、意味を持ってくるのです。何故か？　それは、新しい動機を、示すものだからです。私は、こう考えた。

三年前、失恋の痛手を治やそうとして、仙台へ引込んだという貴方の言葉は、嘘ではないのか？　本当の理由は、別に、あるのではないかと。その理由は、絵に関することではないのかとね。芸術家の競争意識というものが、どれほど激しいものか、その方に無縁な私には、想像するより仕方がない。

しかし、かなり強いものだろうということは、私にも判る。三年前、貴方は、N展に落選している。それに反して、田島幸平は、特選になり、新聞に、書き立てられた。

当然、貴方は、激しい敗北感に、襲われたに違いない。美大で、絵の修業をした貴方が落選し、百姓上りの、田島幸平の絵が、特選になったのですからね。敗北感は、当然、生れたと思うのです。

その敗北感を治やすには、どうしたらいいか？　田島幸平と、一緒にいたのでは、敗北感から、逃がれることはできない、次第に有名になっていく、田島幸平を、傍で眺めているのは、貴方には、堪えがたかったに違いない。しかし、そのまま、仙台へ帰っては、敗北を認めたことになる。尾を巻いて逃げる犬のような屈辱感が、あったに違いない。そのとき、田島幸平と、麻里子の間に、結婚の話が、持ち上った。貴方《あなた》は、それを利用したのだ。貴方は、誰にも、失恋の痛手を治やすために、郷里へ帰るのだと、思わせようとした。

つまり、失恋のヴェールの下に、絵の敗北感を、隠してしまったのだ。

しかし、本当に失意の痛手を治やすために仙台へ帰ったのなら、絵筆は、棄てられた筈だが、貴方には、それが、できなかった。本当の理由が、別に、あったからだ。貴方は、台原に、わざわざ、後藤常夫の変名で、家を借り、こっそり絵を描き続けた。貴方には絵筆は、棄てられなかったのだ。

しかし、思うような絵は、描けない。恐らく、貴方の意識の中には、田島幸平の姿が、巨大な姿で、立ちはだかっていたのではないかと思う。彼を意識すればするほど、貴方の筆は、ちびってしまったに違いない。貴方は、田島幸平の存在が憎くなった。

絵が、思うように描けなければ、描けないほど、田島幸平に対する憎悪は、強くなっていったに違いない。その憎悪が、殺意に変ったとしても、私は不思議とは、思いませんね。

貴方は、冷静に、殺人計画を立てた。その計画では、本当の動機さえ、覚られなければ貴方は安全だった。

だから、貴方は、必死になって、事件の周囲に、情事の匂いを撒《ま》き散らしたのだ。

三角関係、四角関係。スキャンダルに、離婚。すべてが、真の動機を隠すために、貴方が作り上げた、幻影だったのだ。

貴方には、田島麻里子に対する愛情など、初めから、無かったに違いない。だから、簡単に、殺すことが、できたのだ。これが、貴方の動機ですよ。間違っていますか？」

六

井関一彦の顔は、一層、蒼《あお》ざめていた。しかし、矢部の言葉に、頷《うなず》こうとは、しなかった。

「貴方の想像力には、敬服しますよ」

と、井関は、乾いた声でいった。

「流石に、刑事さんだ。犯行の方法だけでなく、動機まで、巧みに、でっち上げる腕は、敬服の他は、ありませんよ。しかし、その動機にしても、貴方が、頭の中で、考えただけのことにしか過ぎないじゃありませんか。

後藤常夫とかいう画家が、僕の変名だという証拠があるのですか？　第一、後藤常夫という人物は、一週間も前に、自殺しているというじゃありませんか。それなら、僕である筈がない。僕は、こうして、ぴんぴんしているんですからね」

「確かに、後藤常夫は、自殺した。ご丁寧にガソリンを、身体にかけてね。黒焦げで発見された死体を、近所の人達は、後藤常夫だと簡単に考えて、葬ってしまった。しかし、私は、そうは思わない。

黒焦げになった死体は、後藤常夫ではなくて、貴方を追って、仙台へ来た江上風太だ。江上風太は、貴方が、後藤常夫の変名で、絵を描き続けていたことを知った。だから殺されたのだ。それを知られたことは、真の動機を、隠し続けてきた、貴方にとって、致命傷だったからだ。貴方は、江上風太を殺した。

そして、架空の人物である後藤常夫を、自殺させることによって、一箇の死体を、この世から、消してしまったのだ。

それを知らない私は、身許不明の死体が、発見されるのを、待ち続けていたのです。今から考えると、滑稽《こっけい》というより仕方がありませんがね」

「勝手な想像だ」

井関は、甲高い声で、怒鳴った。

「僕は、江上風太に、仙台で、会ったことはありませんよ。それに、後藤常夫が、僕だという証拠が、何処にあるんですか？」

「江上風太が、貴方のことを、仙台で調べていたという証人がいる。それに、後藤常夫に会った人々に、眼鏡をかけ、ベレー帽をかぶった貴方を、見せたら、後藤常夫だと、証言してくれると、思いますよ」

「それだけのことで、僕を、江上風太殺害の犯人に、仕立てる積りですか？」

井関は、歪《ゆが》んだ笑いを、口元に浮べて見せた。

「貴方の、魂胆は、判っている」

と、井関は、いった。

「貴方は、いろいろとしゃべって来たが、僕が、田島夫妻を殺したという証拠はないのだ。確かに、貴方は、面白い犯行方法も考えてくれたし、もっともらしい動機も、話してくれた。しかし、そんなものは、全て、貴方の想像の産物にしか、過ぎないじゃありませんか。確実な証拠など、何一つないのだ。

貴方にも、それは、よく判っている筈ですよ。あの事件では、僕を逮捕することは、貴方にはできないんだ。

だから、別の、江上風太を殺したなどという容疑で、僕を逮捕して、警察の面子《メンツ》を、保とうとしているのだ。そうに決っている。違いますか？」

「残念ながら、違うのですよ」

矢部は、柔和な微笑を浮べて、井関を見やった。井関の眼に、狼狽《ろうばい》の影が走り、落着きを失ったように、手で、顔をこすった。

「あの事件には、証拠があるのです。貴方には、気の毒だが……」

「一体、どんな、証拠があるというんですか？」

「一つは、事件の日、貴方が持ち込んだ酒だから、田島麻里子が、何の疑いも持たずに、飲んだのだという状況証拠です。第二は、この伊集院氏です」

矢部は、無言で、二人の会話に耳を傾けていた伊集院晋吉を、指さした。

「彼は、事件の前日、田島幸平と、麻里子に会っているのですよ」

と、伊集院晋吉は、頷いてから、井関を見やった。矢部は、一寸《ちょっと》、不安になった。彼は上手《うま》く芝居をしてくれるだろうか？

「その通りです」

「あの日、僕は、田島夫妻が離婚しようとしていると知って、強引に、二人に面会を求めたのです。金になるネタですからね。田島麻里子の方は、体よく、追い払われましたが、田島幸平からは、談話をとることが、できたんです。中目黒の邸《やしき》へ行ったのは、十二時頃でしたかね。アトリエに、灯《あかり》が見えたんで、呼鈴を押してみたんです。暫《しばら》くすると、田島幸平が、ひどく疲れた顔で、玄関に、現われましたよ。手が赤く絵具で染っていたのを憶《おぼ》えています。

僕が、一寸会いたいというと、明日までにどうしても、仕上げなければならない絵があるから、帰ってくれというんです」

「…………」

井関は、半信半疑の表情で聞いている。

矢部は、その暗い表情の中に、激しい狼狽を、必死になって押さえているような、歪みを見たような気がした。

「ここで、黙って帰ったんでは、記事は、書けませんからね」

と、伊集院はいった。ここから後は、嘘になるのだが、彼の語調に、変化は、感じられなかった。

ハッタリには、馴《な》れているのかも知れない。

「僕は、強引に上り込みました。そして、アトリエで、問題の肖像画を見たんですよ。顔に塗られてあったという赤絵具は、殆《ほとん》ど、消えていましたね。その絵を見ながら、僕は、色々と、話し合ったんです。田島幸平は、ぽつんぽつんとでしたが、しゃべってくれましたよ。妻とは、離婚する気持はない。友人のはからいで、明日、妻と話し合うことになっていると、いったようなことをね」

「肖像画の服の色は、何色でした？」

ふいに、井関が訊《き》いた。

「えっ？」

と、伊集院が、聞き返す。それに、押しかぶせるように、

「貴方が、肖像画を見たのなら、服の色も、憶えている筈《はず》だ。何色でした？　答えてください」

と、井関が、早口にいった。矢部は、狼狽した。矢部自身も、『M子の像』を、見ていないのである。

勿論《もちろん》、伊集院が、知っている筈がなかった。

弱ったことになったと思ったが、伊集院は案外、平然としていた。

「確か、藤色だったと思う。話を聞くのに夢中だったから、よく憶えていませんが……」

「………」

井関は、黙ってしまった。

偶然、当ったらしい。しかし、伊集院は、何処から、藤色という言葉を、ひねり出したのだろうか？

「他にも、貴方《あなた》にとって、致命的なものがある」

と、矢部は、声をはさんだ。追い打ちをかけるという気持もあったし、これ以上、肖像画のことを訊かれて、伊集院が、ボロを出すのを、恐れたからである。

七

「我々は、貴方を、起訴することができる」

と、矢部はいった。

「そのとき、貴方の無実を証明してくれるものが、何処にあります？」

「田島麻里子の日記が……」

「日記がね？」

矢部は、皮肉な眼付きになって、井関の蒼い顔を眺めた。

「その日記が、一体、何処にあるんです？」

方がいい。

「それは……」

井関は、絶句した。彼の顔に、深い絶望の色の浮び上ってくるのを、矢部は見た。

「田島麻里子の日記は、確かに、貴方を守るカードの城だ。いや、城だったと、いった方がいい。

しかし、今は、貴方にとって、それは不吉な、スペードの札の筈だ。あの日記は、私が江上風太に渡した。仙台に来た彼は、日記を持っていた筈だ。しかし、失踪《しっそう》した江上風太の持物の中に、日記は、発見されなかった。理由は、簡単ですよ。江上風太は、日記を持って、犯人に会った。そして殺された。だから、田島麻里子の日記は、今、江上風太を殺した犯人が持っていることになる。

私は、貴方が、持っているのだと、確信している。貴方は起訴されれば、自分を守る為に、田島麻里子の日記を提出しなければならない。あの日記がなければ、貴方は、田島夫妻殺しで、無実を主張することが、できないからだ。

しかし、同時に、貴方は、日記を提出すれば、江上風太殺害の容疑を、かけられることになる。貴方には、そのどちらも、できない筈だ。今や、あの日記は、貴方を守る武器どころか、貴方を、突き刺す凶器なのだ」

「……………」

重苦しい、沈黙が生れた。矢部にとって、この沈黙は、吉兆であった。

犯人が、自供するときには、その前提に、重苦しい沈黙があるのが、普通だからである。

井関は、俯《うつむ》いたまま、動こうとしない。敗北を、嚙《か》みしめているのだろうか？　それとも、最後の逃げ道を、模索しているのだろうか？

矢部は、黙って、煙草に火を点《つ》けた。

相手の出方を待つしかない。

「敗けましたよ」

と、ふいに、井関が、ぽつんといった。

矢部は、緊張が解けていくのを感じた。

勝ったという感じよりも、終ったのだという気持の方が、強かった。力が、急に抜けていくような気がした。

井関は、震える指で、煙草を取り出した。

矢部が、それに火を点けてやった。

「どうも」

井関がいった。

「確かに、僕は、三人を殺した。認めますよ」

「有難う」

と、思わずいってしまってから、矢部は、妙な言葉だと気付いて、苦笑してしまった。

「ただ、判らないことが、二つばかりある」

「貴方にも、判らないことが、あるんですか」

井関は、眼をしばたたいた。

「僕のことは、何もかも、見通しだと、思いましたがね」

「一つは、桑原ユミのことだ。私は、彼女も貴方に買収されたのだと、思っていた。しかし、そう考えると、訝《おか》しいことが、でてくるのだ。

後藤常夫の名で描いた。青葉城跡の絵のことだ。私は、あの絵から、動機を知ったのだが、もし、彼女が、貴方に買収されていたのなら、何故、あんな危険なものを、店に飾っておいたのか、それが、私には、判らないのだが」

「もう一つは、何ですか？」

「私は、動機を見つけた。しかし、何となく頷《うなず》けないものが残っている。それは、単なる競争心だけで、人を殺せるものだろうかということなのだ。残酷な質問だが……」

「後で、お答えします」

井関は、暗い眼でいい、煙草にむせたように、小さな咳払《せきばら》いをした。

「今は、答えたくないんです」

第十章

一

矢部警部補様
　貴方の質問には、言葉で答えるよりも、こうして、文章で答える方が、適当だと考えます。

　私自身、自分の気持を、もう一度噛みしめてみたいと思うからです。

　桑原ユミは、東北訛《なまり》があることで、気付いていらっしゃると思いますが、東北の生れです。それに、極く短い期間ですが、私の旅館で女中として働いていたことがあります。彼女が、モデルとして、働いているのを知ったとき、私は、利用することを考えました。彼女は、金で、どうにでも動く女です。

　それだけに、利用し易くもあり、良心の呵責《かしやく》を感じることもなく、済みました。しかし、彼女が、私の共犯者だと考えるのは、間違っています。彼女が、私の計画のすべてを、知っていたとは思えませんし、私は、ただ、金を与えて、田島幸平を誘惑してみろと、けしかけただけだからです。

　私は、それだけで、充分だと思ったのです。貴方は、匿名の手紙も、私の計画の一つとお考えかも知れませんが、あれは、桑原ユミで、勝手にやったことです。手切金をせしめる為にやったことだと、彼女はいっていましたが、金銭的な執心の強い彼女のことですから、この位のことは、やりかねません。

私としては、田島麻里子が、自然に夫と桑原ユミの関係に気付くことを、願っていたのです。その方が、疑われずに、事が運べると考えたからです。

桑原ユミが、匿名の手紙を出したことは、私にとって、かえって、迷惑だったのです。作為を感じられることは、私には、鬼門だったからです。

何故、彼女の店に、後藤常夫の名前で描いた絵を置いたか、その質問に答える前に、貴方の二番目の質問に、先に答えたいと思います。

何故なら、この二つの問題は、私の心の中で、複雑に絡みあっているからです。

貴方は、単に、ライバルだからというだけで、相手を殺せるものだろうかと、いわれました。その質問に答えるためには、画家というもの、それに、私自身の性格の二つを、理解して頂くより仕方がありません。私は、子供の頃、神経質で、虚栄心が強いといわれたことがあります。

成長して、様々な世間智をつけ、時には、柔和な人だといわれることもありましたが、子供の頃の二つの性格は、変っていなかったのです。

私が、絵に関心を持ち始めたのは、小学校の五、六年生の頃からです。私の描いた絵は、展覧会で金賞を貰《もら》い、小さな虚栄心が満足させられたのを、憶《おぼ》えています。

中学、高校と進む間も、私は、絵を描き続けていました。私の場合、絵を描くことは、常に、虚栄心の満足と結びついていました。

今になって、その頃の絵を見ると、妙に、大人びた、気取った絵であることに気付きますが、当時の私は、自分には、画家としての素質があるのだと、固く信じていたのです。美大へ進んでからも、その信念は、変りませんでした。

同級生の誰に比べても、自分の才能は秀《すぐ》れていると考えていました。自分には、どんな絵でも描ける、という自信があったのです。考えてみれば、小器用なだけで、個性がないことにもなるのですが、壁にぶつかるまで、私は、それに、気付かなかったのです。

美大卒業後、新紀会に属するようになり、そこで、私は、田島幸平を、知ったのです。新紀会の空気が、どんなものだったか、私は、書きたくありません。貴方《あなた》も調べられた筈《はず》だと思いますし、どんな集団にも、美点と、欠点があるからです。ただ、田島幸平が、会員の中で、孤立していたことだけは、書いておきたいと思います。

その田島と私は、急速に親しくなりました。私が、学歴というものに、拘《こだ》わらないせいだと考えられたら、間違っています。新紀会の中で、敬遠された形の田島幸平に、義憤を感じたのでも、特別の友情を感じたのでもありません。正直にいえば、私が、田島に近づいたのは、もっと打算的な気持からなのです。

自惚《うぬぼ》れの強い者は、自分の讃美《さんび》者を、傍に置きたがるものだと、いいます。私が、彼に近づいた気持の中に、この下心が、なかったとは、いい切れません。会員の中で、いや友情よりも、この陰湿な気持の方が、強かったと思うのです。会員の中で、ただ特異な絵を描くというだけで、絵具や、溶き油についての知識の乏しい田島幸平の存在は、私の眼には、自分の讃美者に、仕立てあげるには、恰好《かっこう》の人間に、見えたのです。田島は、私の気持には、気づかなかったようです。恐らく、最後まで、私が、真の友情の持主だったに違いないと、信じていたと思います。彼には、色々な欠点もありましたが、一度、結ばれた友情は、あくまで信じつづけるという、美徳の持主だったのです。

田島と私とは、対照的な存在だったと思います。田舎者然とした田島、私の方は、親の仕送りを受けて、学生時代から、バー通いまでした程、様々な世間智を、身につけていたのです。田島は、私を、ひどく素晴らしい人間のように、考えてしまったようでした。対等な友情関係というより、一種の主従関係が、私と田島の間に、生れたのです。

会員の中には、田島幸平のことを、私の腰巾着《こしぎんちゃく》のように、いうものさえあったくらいです。私は、金があれば、気前よく、田島に奢《おご》りました。私にとって、彼は、絶対に、競争相手になることのない、安全な相手に見えたのです。確かに、面白い絵は描くが、それだけのことで、不器用さばかりが、眼につく、田島の絵に、将来性があるなどとは、私には、とうてい考えられなかったのです。人間というものは、将来性のない人間には、寛容なものです。

私は、田島の保護者のような気持になっていたのです。

私のこうした優越感が、崩れ去るときが来ました。将来性がないと見くびっていた田島の絵が、認められ始めたのです。私は、愕然《がくぜん》としながらも、まだ、彼の素人っぽい絵が、何となく珍しがられているのだと、自分に、いい聞かせていたのです。しかし、私は、流石に焦り始めました。

画壇に雄飛するのは、田島ではなくて、自分の筈なのだと、いい聞かせながら、認められる為の絵を描き続けました。認められる為の絵。それが、上手《うま》くいく筈がありません。焦れば焦るほど、私の絵には、個性がなくなり、物欲し気な、人真似の絵になっていくのです。

私と、田島幸平の間には、相変らず、一種の、主従関係が、続いていましたが、それが、崩壊しかけているのを、一番よく知っていたのは、私だったと思います。田島が名をあげれば、この関係は、逆転してしまうのです。私が、彼の讃美者になり、腰巾着にならなければなりません。私にはとうてい堪えられることではありません。

相手が、最初から、兄事している人間だったら、敗北感は、軽く済んだでしょう。しかし、親しかった（ということは、私と田島の場合には、軽蔑《けいべつ》していたともいえるわけです）田島幸平に、敗けることは、私には、我慢がなりませんでした。

しかし、こうした私の思惑などは、無視して、田島幸平の絵を認める人の数は、増えていくのです。新聞の片隅に、彼の将来性を認める記事を読む度に、私の敗北感は、強まるばかりでした。

同時に、今まで小さな存在にしかすぎなかった田島幸平の姿が、自分を押し潰《つぶ》す、モンスターのように、見え始めたのです。神経質で、虚栄心の強い私は、湧き上ってくる、敗北意識と、嫉妬《しっと》を持て余し始めました。田島を無視しようとすればする程、彼の姿は、私の頭の中で、巨大なものに、なっていきました。絵筆をとれば、彼の自由奔放な絵が、眼先きにちらついてしまうのです。私の筆は、こわばり、生彩を欠き、生気のない絵になっていくのです。そして、決定的な敗北が、私を待ち受けていました。

二

私の描いた絵が、N展で落選し、田島幸平の絵が、特選になったとき、私は、完全に敗北したのです。世間というものは、勝者に対しては、寛容であり、敗者に対しては冷酷なものです。田島の名声が、高まる一方では、私の将来性を否定する言葉が、会員の中で、ささやかれるようになりました。井関の絵は、人真似にすぎない、とか、絵はがきだといった、画家にとっては、致命的な批判と、陰口が、私の耳に入ってきました。

田島幸平は、名声を得てからも、同じ態度で、私に接して来ました。しかし、たとえ、彼が、同じ気持だったとしても、周囲は、そう見てくれないことを、私は、知っていました。今や、私は、彼の讃美者であり、腰巾着にしか過ぎなくなってしまったのです。虚栄心の強い私が、それに、我慢できる筈がありません。

私は、彼を無視すれば、いいのだと、何度も、自分にいい聞かせました。しかし駄目でした。大きく成長した彼の存在が、常に私の心に、重くのしかかってくるのです。私は、彼から逃がれたいと考え始めました。それは、敗北感から逃がれたいという気持でもあります。そして、私は、仙台へ帰ったのです。

貴方は、敗北感を、ごまかすために、田島幸平と、麻里子の結婚を利用したと、指摘されました。確かに、その通りです。私は失恋した風を装い、辛じて面子《メンツ》を保って、郷里に帰りました。

しかし、麻里子に対する愛情が、皆無だったわけではありません。彼女を、好ましい女性だと、思っていたことも、事実なのです。私が、自分が望んでいた通りに、著名な画家になれていたら、或《あるい》は、彼女と、結婚していたかも知れないと考えます。

従って、彼女と田島の結婚を、利用する反面、心の何処かでは、田島に対して、二重の敗北感も、味わっていたのです。

仙台へ帰った頃、私は、屈辱感の虜《とりこ》には、なっていましたが、田島幸平に対する殺意は、持っていませんでした。むしろ、彼のことを、忘れようと、努めていた位です。本当に、絵筆を棄てて、旅館の仕事に専念もしました。嘘ではありません。しかし一度、手にした絵筆は、棄て切れるものではありませんでした。仕事の途中で、ふっと画材店の前で、立止っている自分の姿に気付いて、愕然とすることもありました。

その上、因果なことに、あれ程の敗北感を味わいながら、まだ、自分には、才能があるのだという自負が、根強く残っていたのです。

私は、ひそかに、台原に家を借り、暇を見つけては、そこで、絵を描き始めました。後藤常夫の変名を使ったのは、絵を描いていることを、知られたくなかったせいもありますが、同時に、名前を変えれば、新しい気持で、画布に向えるかも知れないと思ったからです。

しかし、駄目でした。画布に向った途端に田島幸平のことを、意識してしまうのです。彼に負けまいと、考えれば考えるほど、手が、かじかんで、絵が死んでしまうのです。何枚、描いても、結果は同じでした。生彩のないいじけた絵ばかりが、生れるのです。それを、私は、自分に、才能がないからだとは、思いませんでした。もし、田島幸平が、いなかったら、自分にも、自由な、生気に満ちた絵が描ける筈なのだと、考えたのです。その考えが、いつか、田島幸平に対する憎しみに、変っていったのです。田島幸平という人間に対してではなく、彼の存在に対する憎しみ。

単なる競争心というよりも、呪詛《じゅそ》に近い感情でした。殺すというよりも、消すという言葉の方が、ぴんとくる感情でした。

私は、彼を消すことを考えました。

私は、様々なことを考えました。田島幸平を消してしまうのだと考えると、モンスターのように、重苦しく、私の意識の上に、おおいかぶさっていた、彼の存在が、不思議に、急に小さく感じられるようになりました。私は冷静に考えることができました。最初、私は、誰もがやるように、推理小説を読んだり、過去の犯罪から、教訓を読み取ろうとしました。しかし、そこから、私が得たものは、どんなアリバイも、百パーセント完全なものは、あり得ないことと、動機は、どんなに隠しても、発見されてしまうものだという、平凡な事実でした。私は、アリバイを、無視することにしました。動機も逆に、表面に押し出してやろうと思いました。勿論《もちろん》、本当の動機は、奥に隠してです。私は、『疑わしきは、罰せず』という法律のたてまえを、百パーセント利用してやろうと、考えたのです。

私のとった犯行方法については、貴方《あなた》が話されたことに、殆《ほと》ど、尽きています。私は利用できるものを、全て利用したにすぎません。田島麻里子が、日記を書き続けていたこと。二人の性格に、人を信じ易い点があること。前科のある小久保薬局の主人を新聞で知ったこと。それらの全てを利用して、私は、殺人計画を立てたのです。

勿論、彼女が、約束の時間より早目に来てしまう性癖の持主だったことも、利用しました。私が、一番、恐れたのは、真の動機を、見抜かれることでした。それが、致命傷になることを、知っていたからです。縁談が、持ち込まれたときも、東京の女が、忘れられないからという理由で、断りました。

その噂が、拡がるのを計算に、入れていたのです。私のねらいは、成功したように見えました。私が、今でも、東京の女、即ち、田島麻里子を想い続けているという噂が、立ち始めたからです。事件の周囲に、『情事』のバリケードを、築くことにも成功しました。新聞や、週刊誌が、『三角関係のもつれから起きた悲劇』と、書きたてたとき、私は自分の計画が、成功したと、思いました。事件が、情事から生れたものだと考える限り、私には、動機がなく、無罪だからです。私は、思い通り、釈放されて、仙台へ帰りました。しかし、江上風太が、突然、現われたのです。彼の存在そのものは、私には恐ろしくはありませんでした。江上は、日記を読み、青酸入りの酒は、私が持ち込んだに違いないと、考えていましたが、それは、直ちに、私の有罪を、証明するものではありません。従って、それだけなら、私は、江上風太を殺すことも、殺す必要もなかったのです。しかし、彼は、私が後藤常夫の名前で、絵を描き続けていたことを、知ってしまったのです。その上、彼は画家です。画家の持つ競争心や嫉妬心の強さも知っている筈《はず》です。何故私が、変名で、絵を描き続けていたかも、簡単に推測してしまうに決っています。真の動機を知られてはならない。だから、私は、江上風太を殺してしまったのです。死体の処理に窮して、後藤常夫を、自殺させたのは、貴方が考えられた通りですし、殺したとき、江上が、田島麻里子の日記を、持っていたことも事実です。

貴方は、もしかすると、釈放されたばかりの私が、台原に行き、それを、江上風太に発見されたのは、愚かだと、考えておられるかも知れません。

私自身も、事件直後、台原の、後藤常夫の家に、近づくことが、危険なことは、知っていました。しかし、どうしても、行かなければならなかったのです。

田島幸平が死んだ今、画布の前に立って、解放された気持になれるかどうか、それを知りたいと、思ったからです。運命的ないい方をすれば、絵のために、殺人を犯した私は、絵のために墓穴を掘ったともいえるのです。

三

この感慨は、もう一つの場合にも、当てはめることができます。それは、貴方の、二番目の質問の答でもあります。貴方は、桑原ユミの店に、何故、『青葉城跡』の絵を置いたか、私の気持が判らないと、いわれました。私自身にも、上手《うま》く説明できるとは、思えません。強いていえば、私が絵を描く人間だったからでしょう。描きたいから描くという言葉が、半面の真実しか告げていないことは、貴方も、判って下さると思います。後の半面は、人々の賞讃《しょうさん》を受けたいから描くのです。これは、何も、画家に限らないと思います。作家にしても俳優にしても、賞讃と、拍手を期待して、作品を書き、舞台で演技する筈です。

殊に、虚栄心の強い私の場合は、それを求める気持が、強かったのです。仙台に、引きこもり、後藤常夫の変名で、描き続けている間も、その欲求は強まりこそすれ、弱くなることは、ありませんでした。その気持が、あの絵を、桑原ユミの店に、飾らせてしまったのです。あの絵は、生彩を欠いた、私の絵の中では、どうにか見られるものの一つでした。危険なことは、判っていました。しかし、自分の絵を、多くの人に見て貰《もら》いたいという欲求が、不安を、押さえつけてしまったのです。馬鹿げているのは、自分にも判っていた積りです。

最後に、田島麻里子のことも、書きます。貴方は、彼女に対する愛情は、初めからなかったと判定されましたが、それが違うことは、前に書きました。計画に従えば、どうしても、彼女を殺す必要があった。

もし、彼女を殺さなければ、修復された肖像画が発見されてしまうし、青酸入りの酒を持ち込んだのが、私であることも判ってしまうからです。しかし、彼女を殺すことには、私は、かなりの抵抗を感じ続けていたのです。できるなら、彼女を殺したくなかった。愛が残っていたせいだと思います。もし、彼女に対して、非情になり切れていたら、殺す前に、彼女を抱けたと思います。しかし、愛の残っていた私には、二重に、彼女を冒瀆《ぼうとく》することは、できなかったのです。私が、事件の前夜に抱いたのは、桑原ユミでした。彼女は、私に抱かれながら、奥さんに、まだ未練があるのではないかと私をからかいました。勿論、桑原ユミは、私の計画を知っていて、その言葉を口にしたのではありません。何気なくいったに違いないのですが、その言葉は、私の胸に突き刺さりました。私は、そのとき、明日になれば、全てが終るのだと、自分にいい聞かせることで、崩れそうになる自分の気持を押さえていたのです。

勿論、こんなことを書いたからといって、自分の罪が、少しでも軽くなるとは、思っていません。ただ、あのときの、本当の気持を、判って貰いたいと思っただけです。もう書くことはありません。私は恐らく、死刑の宣告を受けるでしょう。判決が下ってから、幾日くらいで、刑が執行されるのでしょうか。もし、その間に、何日かの余裕があり、同時に、絵筆を持つことが許されるのなら、絵を描きたいと思います。今度こそ、田島幸平の幻影に、怯《おび》えることもなく、自由な気持で、画布に向うことができそうな気がするからです。自分に、本当に画家としての才能があったかどうか、それを確めてから、死にたいと思うのです。

これは、どうしようもない、私の執念かも知れません。

四

読み了《お》えて、矢部は、眼を上げた。列車は、夜の闇の中を、東京に向って、走り続けている。前の座席に腰を下している井関は、眼を閉じていた。その蒼白《あおじろ》い顔に、深い疲労の色が漂っている。井関の横には、東京から、身柄を引き取りに来た、滝見刑事が、緊張した顔で、坐《すわ》っていた。

　矢部は、井関の手記を、ポケットに納めてから、後の座席に腰を下している、伊集院晋吉に、声をかけた。

「君は、今度の事件を、何処へ売りつける積りだ？」

「何処にも、売りませんよ」

　伊集院は、笑って見せた。

「それに、売る所もない。仙台の、きれいな空気を吸っただけで、満足しています」

「判らんな。高く売れるだろうに」

「僕にも、判らない」

　伊集院は、そういって、煙草に、火を点《つ》けた。

「折角の、特ダネだから、自分だけの胸の中にしまっておきたくなったのかも知れません。それに……」

「それに？」

「これを機会に、今の仕事から、足を洗おうか、とも思っています。柄じゃないことが、よく判りましたからね」

「どうも、判らんね」

と、矢部はいってから、

「判らないことが、もう一つある。あの肖像画のことだが」

「あれですか」

伊集院は、苦笑した。

「まさか、出鱈目《でたらめ》を、いったわけじゃないだろう？」

「全然、出鱈目というわけじゃありません。僕は、事件の前日、田島麻里子に、会っています。あのとき、彼女は、藤色の服を着ていた。コートも藤色でした。そんな女なら、三年前にも、藤色の服を着ていたに違いない。そう考えたんですが、それが、たまたま当ったというわけです」

伊集院は、照れたように、頭を掻《か》いた。その平和な動作に、矢部は、改めて、事件が終ったのを感じた。

事件は、終ったのだ。一人を除いて。矢部は、井関に、眼を移した。井関は、眠っていた。

解説

山前 譲

一九八〇年代半ばから、日本のミステリー界ではトラベル・ミステリーが人気のジャンルとなった。その強力な牽引《けんいん》車が西村京太郎《にしむらきょうたろう》氏だったのは言うまでもない。西村氏のオリジナル著書は六百冊を超えたが、その多くがトラベル・ミステリーである。ただ、ひとくちにトラベル・ミステリーといっても、当然のことながら容易にトラベルという言葉だけで括《くく》られるものではない。たんに舞台に限ってみただけでも、寝台特急を中心にした東北本線《とうほくほんせん》や東海道《とうかいどう》・山陽《さんよう》本線などの幹線、『急行奥只見殺人事件』（一九八五）などのローカル線、上野《うえの》駅や東京駅などのターミナル駅、そして『オホーツク殺人ルート』（一九八四）などのようにある地域に注目したものと、おおまかに四種類がある。

また、別の見方として、推理小説的な内容で捉《とら》えれば、『寝台特急あかつき殺人事件』（一九八三）のように鉄道のダイヤグラムなどを利用した本格アリバイ物、『夜行列車《ミッドナイト・トレイン》殺人事件』（一九八一）のようなタイムリミット・サスペンス、『北帰行殺人事件』（一九八一）のような追跡型のサスペンス、そして『殺人列車への招待』（一九八七）のように一種の無差別殺人を意図しているかのような犯罪者を描いたサスペンスと、一作ごとに読者を飽きさせない工夫が凝らされている。

こうした西村作品のヴァラエティに富んだ作風は、トラベル・ミステリーに限ったことではなく、本書『殺意の設計』の書かれた時期、すなわち西村氏が長編を数多く発表し始めた一九七〇年代からずっとみることのできる特徴である。

『殺意の設計』は一九七二年十月に弘済《こうさい》出版社からこだまブックの一冊として書き下ろされた長編であるが、ちょうどこの七二年を挟んだ七一年から七三年までの三年間は、六五年に『天使の傷痕』で第十一回江戸川乱歩《えどがわらんぽ》賞を受賞してから暫《しばら》くの雌伏の時を経て、陸続と長編を発表した時期であった。

『天使の傷痕』以後、六六年に『D機関情報』を、六七年に『太陽と砂』を発表した西村氏だが、六八年は長編が一作もない。六九年には「悪の座標」を「徳島新聞」に、七〇年には『仮装の時代』を「大衆文芸」にそれぞれ連載したが、一冊にまとめられたのは、前者が七一年（『悪への招待』と改題）、後者は八五年（『富士山麓殺人事件』と改題）だった。それが七一年からの三年間には、一年に四作ないし六作の長編を刊行している。

まず七一年には、南アフリカの人種差別に抗議するグループが豪華客船を乗っ取る『ある朝　海に』やまもなく海外へ旅立つはずの若者が殺人を犯してしまう『脱出』といったサスペンス、コンビナートの公害問題に絡んだ少女の投身自殺が発端の『汚染海域』や住宅入手難が動機にかかわる『マンション殺人』の社会派推理、そして、双子のトリックであると冒頭に提示して読者への挑戦を試みた『殺しの双曲線』やエラリー・

クイーン、エルキュール・ポワロ、メグレ警視、明智小五郎《あけちこごろう》が共演するパロディ『名探偵なんかこわくない』の本格物、と以上六作が書き下ろされた。さらにもう一作、新車のテスト・ドライブを題材に扱ったアクション推理「東から来た男」（『血ぞめの試走車』と改題）が、この年から翌年にかけて新聞連載されている。

七二年には、本作を皮切りに、沖縄の与論島《よろん》を舞台に民族問題や土地開発を取り上げた『ハイビスカス殺人事件』、別府《べっぷ》行の観光船上でクイーンら先の四人の名探偵にアルセーヌ・ルパンが挑戦する『名探偵が多すぎる』、伊豆《いず》七島の神津島《こうづしま》を舞台に海洋開発絡みの連続殺人が起る『伊豆七島殺人事件』が書き下ろされている。

七三年になると、南海の孤島に伝わる真紅の花アカベの伝説にまつわる伝奇推理『鬼女面殺人事件』、アイヌの民族問題を取り上げた『殺人者はオーロラを見た』、十津川《とつがわ》最初の長編で太平洋《たいへいよう》にアリバイ・トリックが大胆に仕掛けられる『赤い帆船《クルーザー》』、名探偵パロディの第三作『名探偵も楽じゃない』が書き下ろされ、本格的なゴルフ推理『殺しのバンカーショット』が週刊誌に連載された。

これらの作品は、乱歩賞受賞の頃から、長谷川伸《はせがわしん》門下の集りである「新鷹会《しんようかい》」で学んだあとの成果である。その会誌『大衆文芸』に発表した五編の短編をまとめた私家版短編集『南神威島』（一九七〇）の「あとがき」によれば、「推理小説は、曲がり角に来ているといわれる。／その理由はいくつか考えられるが、死体が横たわり、刑事が出てくれば、それで推理小説ができあがってしまうという安易な考えが、作家の側にあることも否定できない。／その結果、現実の事件が、作品を上まわる面白さを示すという皮肉な結果を招き、作家が必死で現実の事件を追いかけるということになる。風俗的というより、週刊誌的な推理小説の氾濫は、それを示している」という感慨を抱いた西村氏が、堰《せき》を切ったように発表したものだけに、推理小説的な展開もさることながら、そのバックグラウンドとなっている世界の多様さが注目される。七四年には肝臓障害により長編は一作しかなかった西村氏であるが、七五年からも、ほとんどがトラベル・ミステリーとなる八一年まで、様々なタイプの長編が刊行されている。

さて、本書『殺意の設計』は、著名な画家とその妻、そして画家の友人との三角関係の果てに起った無理心中と思われる事件を挟んで、第一章から第四章までと第五章から第十章までの二部構成になっている。すなわち、第四章までの前半は、事件にいたるまでの経緯が一人の女性の視点で描かれている。そして第五章からの後半は、捜査側の刑事の視点から、事件の真相を探り犯人を追及していく経過が語られる。

推理小説（探偵小説）を定義して、「主として犯罪に関する難解な秘密が、論理的に、徐々に解かれていく径路の面白さを主眼とする文学である」と述べたのは江戸川乱歩氏であるが（評論集『幻影城』）、この『殺意の設計』は、前半が次第に不安な状況に追い込まれる女性の心理を中心にし、後半は一転して、その定義にあるように、謎が徐々に解かれていく過程を楽しむことができるように書かれ、サスペンス・ミステリーと本格推理のふたつの味わいを併せ持った贅沢《ぜいたく》な構成となっている。

　七二年には、前述のようにこの作品を含めて四作の長編が発表されたわけだが、その多彩さには驚かれるに違いない。そして現在多く書かれている西村氏のトラベル・ミステリーでも、たんに場所や列車が違うということではなく、一作一作なにかしら新しさを感じさせてくれる。こうしたところに、西村作品が多くの読者を摑《つか》んでいる要因があるのだろう。『殺意の設計』は、そんな西村氏の魅力を満喫できる長編として、読者の期待を裏切らない作品である。

本書はフィクションであり、実在の人物、団体等とは一切関係ありません。

本書は、一九七二年四月に弘済出版社から、一九七六年八月に広済堂出版から、一九八八年四月に角川文庫として刊行されました。このたびの改版にあたり角川文庫旧版を底本としました。

殺《さつ》意《い》の設《せつ》計《けい》

西《にし》村《むら》京《きょう》太《た》郎《ろう》

昭和63年 4月25日　初版発行
令和3年 1月25日　改版初版発行
令和6年 12月10日　改版再版発行

発行者●山下直久

発行●株式会社KADOKAWA
〒102-8177　東京都千代田区富士見2-13-3
電話　0570-002-301（ナビダイヤル）

角川文庫 22503

印刷所●株式会社KADOKAWA
製本所●株式会社KADOKAWA

表紙画●和田三造

●お問い合わせ
https://www.kadokawa.co.jp/（「お問い合わせ」へお進みください）
※内容によっては、お答えできない場合があります。
※サポートは日本国内のみとさせていただきます。
※Japanese text only

ISBN 978-4-04-110896-3　C0193

角川文庫発刊に際して

角川源義

第二次世界大戦の敗北は、軍事力の敗北であった以上に、私たちの若い文化力の敗退であった。私たちの文化が戦争に対して如何に無力であり、単なるあだ花に過ぎなかったかを、私たちは身を以て体験し痛感した。西洋近代文化の摂取にとって、明治以後八十年の歳月は決して短かすぎたとは言えない。にもかかわらず、近代文化の伝統を確立し、自由な批判と柔軟な良識に富む文化層として自らを形成することに私たちは失敗して来た。そしてこれは、各層への文化の普及滲透を任務とする出版人の責任でもあった。

一九四五年以来、私たちは再び振出しに戻り、第一歩から踏み出すことを余儀なくされた。これは大きな不幸ではあるが、反面、これまでの混沌・未熟・歪曲の中にあった我が国の文化に秩序と確たる基礎を齎らすためには絶好の機会でもある。角川書店は、このような祖国の文化的危機にあたり、微力をも顧みず再建の礎石たるべき抱負と決意とをもって出発したが、ここに創立以来の念願を果すべく角川文庫を発刊する。これまで刊行されたあらゆる全集叢書文庫類の長所と短所とを検討し、古今東西の不朽の典籍を、良心的編集のもとに、廉価に、そして書架にふさわしい美本として、多くのひとびとに提供しようとする。しかし私たちは徒らに百科全書的な知識のジレッタントを作ることを目的とせず、あくまで祖国の文化に秩序と再建への道を示し、この文庫を角川書店の栄ある事業として、今後永久に継続発展せしめ、学芸と教養との殿堂として大成せんことを期したい。多くの読書子の愛情ある忠言と支持とによって、この希望と抱負とを完遂せしめられんことを願う。

一九四九年五月三日

角川文庫ベストセラー

十津川警部捜査行
北海道殺人ガイド　西村京太郎

函館本線の線路脇で、元刑事の川島が絞殺死体となって発見された。川島を尊敬していた十津川警部は、地道な捜査の末に容疑者を特定する。しかし、その容疑者には完璧なアリバイがあり……!?　傑作短編集。

無縁社会からの脱出
北へ帰る列車　西村京太郎

多摩川土手に立つ長屋で、老人の死体が発見される。無縁死かと思われた被害者だったが、一千万円以上の預金を残していた。生前残していた写真を手がかりに、十津川警部が事件の真実に迫る。長編ミステリ。

十津川警部「目撃」　西村京太郎

東京の高級マンションと富山のトロッコ電車で、いずれも青酸を使った殺人事件が起こった。事件の被害者に共通するものは何か？　捜査の指揮を執る十津川警部は、事件の背後に政財界の大物の存在を知る。

中央線に乗っていた男　西村京太郎

鑑識技官・新見格の趣味は、通勤電車で乗客を観察しスケッチすること。四谷の画廊で開催された個展を十津川警部が訪れると、新見から妙な女性客が訪れたことを聞かされる——十津川警部シリーズ人気短編集。

殺人偏差値70　西村京太郎

大学入試の当日、木村が目覚めると試験開始の20分前。どう考えても間に合わないと悟った木村は、大学に「爆破予告」電話をかける。まんまと試験開始時刻を遅らせることに成功したが……。他7編収録。

角川文庫ベストセラー

房総の列車が停まった日　西村京太郎

東京の郊外で一人の男が爆死した。身元不明の被害者には手錠がはめられており広間にはマス目が描かれていた。広間のマス目と散乱した駒から将棋盤を連想した十津川警部は将棋の駒に隠された犯人の謎に挑む！

怖ろしい夜　西村京太郎

恋人が何者かに殺され、殺人の濡衣を着せられたサラリーマンの秋山。事件の裏には意外な事実が！（「夜の追跡者」）。妖しい夜、寂しい夜、暗い夜。様々な顔を持つ夜をテーマにしたミステリ短編集。

鎌倉・流鏑馬神事の殺人　西村京太郎

京都で女性が刺殺され、その友人も東京で殺された。双方の現場に残された「陰陽」の文字。十津川警部は、被害者を含む4人の男女に注目する。しかし、浮かび上がった容疑者には鉄壁のアリバイがあり……。

北海道新幹線殺人事件　西村京太郎

売れない作家・三浦に、出版社の社長から北海道新幹線開業を題材にしたミステリの依頼が来る。前日までに出版してベストセラーを目指すと言うのだ。脱稿した三浦は開業当日の新幹線に乗り込むが……。

裏切りの中央本線　西村京太郎

大学時代の友人と共に信州に向かうことになった西本刑事。しかし、列車で彼と別れ松本に着くと殺人事件が起こる。そこには、列車ダイヤを使ったトリックが隠されていた……他5編収録。

角川文庫ベストセラー

赤川次郎ベストセレクション①
セーラー服と機関銃
赤川次郎

父を殺されたばかりの可愛い女子高生星泉は、組員四人のおんぼろやくざ目高組の組長を襲名するはめになった。襲名早々、組の事務所に機関銃が撃ちこまれ、早くも波乱万丈の幕開けが——。

赤川次郎ベストセレクション②
セーラー服と機関銃・その後——卒業——
赤川次郎

星泉十八歳。父の死をきっかけに〈目高組〉の組長になるはめになり、大暴れ。あれから一年。少しは女らしくなった泉に、また大騒動が！　待望の青春ラブ・サスペンス。

怪しい店
有栖川有栖

誰にも言えない悩みをただ聴いてくれる不思議なお店〈みみや〉。その女性店主が殺された。臨床犯罪学者・火村英生と推理作家・有栖川有栖が謎に挑む表題作「怪しい店」ほか、お店が舞台の本格ミステリ作品集。

狩人の悪夢
有栖川有栖

ミステリ作家の有栖川有栖は、今をときめくホラー作家、白布施と対談することに。「眠ると必ず悪夢を見る」という部屋のある、白布施の家に行くことになったアリスだが、殺人事件に巻き込まれてしまい……。

Another（上）（下）
綾辻行人

1998年春、夜見山北中学に転校してきた榊原恒一は、何かに怯えているようなクラスの空気に違和感を覚える。そして起こり始める、恐るべき死の連鎖！　名手・綾辻行人の新たな代表作となった本格ホラー。

角川文庫ベストセラー